松尾真由美詩集

Matsuo Mayumi

Shichosha 現代詩文庫 *195*

Gendaishi Bunko

思潮社

現代詩文庫　195　松尾真由美・目次

詩集〈燭花〉から

詩集〈密約――オブリガート〉全篇

装幀・芦澤泰偉

詩篇

詩集〈燭花〉から

水の囁きは果てない物語の始まりにきらめく

やわらかな静寂をよそおう空隙にかこまれ　周縁にただようつめたい吐息をたどり　希薄な修辞のさざめきをはかり　浅瀬にたたずむ渇きに気づく　猶予のない留保　孵化と蘇生をねがいあらたな狭窄にうながされ　はなたれた情動は予兆の雫となり　すでにやさしい深淵に沈みはじめる　ふくらむ残滓のなかでさぐる言葉の核　水にまぎれる水ではなく水にあらがう水でできた言葉の枕*　流れさるもの　瞬間の捕縛はたしかに在って　私は水の領域でささやかな刻印を記していた

記される刻印の裏側はかすかな悲鳴にみちていて　ゆらめく軌道が打ち捨てた意味の傍系の　位置のゆがみを想像する　けれど振り向くことなく隔たりはすすみ　したたかな傾斜のままに棘の起伏をみちびき　衝動的な露呈の　解体の指先　まるで部分には部分でもってじりじり苛むかのよう*　透ける混沌にさらされた痛みの変質を悦ぶかのよう　おびただしい饒舌の逡巡　私の快楽　くずれていく排泄の輪郭線にもつれ　通りすぎた異和の鼓動をひもとき指先は晴れやかな無為の脱皮に息づく

白日の脱皮につきまとう夢想をかかえ　かかえた胸元で解きえぬ鍵はきらめき　きらめく高揚の泡立ちに身をまかせ　いくつもの擬態をあなたにゆだねる　一枚ずつ外皮を手渡し　おだやかな抱擁はあわい回帰を生みだし　あなたの指先にからまる私の指先の祈りへと　相姦する掌の感触　手あるいは複数の手は人間の舌だったのである*　いわばすべてをかたどる舌の注視に照らしだされた骨組みの散乱　腐蝕の羅列　あつい関節がひややかな愛撫をもとめ　いつまでも半睡の充足に惹かれていく

半睡にたゆたう胸椎はあえかな律動をともない　立ちのぼる像の亀裂に水の翼の言葉を閉じこめ　渦の遊離はひとつの物語にも属さず　破砕の気配をしめす　ずっと以

前から積みかさなった私の底の死者の声に　操られる指先の恣意　うつろう羽音とまじわり発熱の点描をつづけ　あなたの形の密度の彼方にひそやかな目覚めをささげる　避けられぬ難破のような葬列の強度をまねき　うつくしい水死の幻影を追いながら　抱かれた背の記憶につつまれて　見渡すほど私はとおい俯瞰図に溺れる

＊松浦寿輝「水枕」
＊ゲンナジイ・アイギ「祝祭の続篇」
＊ニコラウス・マル『言語の成立について』

恣意の揺らぎはあわい結晶だけをもとめる

明滅する記憶の細部の飢えをかかえ　ささやかな領野に打ち捨てた痕跡を負い　閉じられた線描をほどき　不意の声を召喚する　うつくしい手淫の感触をまとい　希求からこぼれた視覚が生みだす媒体の　夥しい浸食をむかえ　ひとつの虚構の肥大のなかで　飢餓は少しずつ見えないものへと及ぶ＊　見えないものの囁きが変容する　見えない扉を探りはじめる　たとえばかすかな磁場の窪みに補足の叫びをつなげても　なめらかな境界線に達せないまま　浄化をもとめ指先は破綻の脈絡にとどまる

養われていく寓意の位置にささえられ　誤謬をあらわす半睡の言葉の窓は　あえかな接続による局所の震えをさらし　つねに緩慢な融合をめざす　あきらかに通りすぎた深奥の揺動をたずさえ　あなたの耳朶を齧むように私の曲折をとどける　骨のあかしを組みたて　むしろ想い出に似た形にまで一種の癒着を果たそうとする＊　この源泉と形骸との混在をあなたにたくし　淡色の幻はしたたかな麻痺にやすらぎ　近づいては遠ざかる意味の傍らでは　あつい抱擁さえたしかな空白となる

そうして定まらない転位をくりかえし　ひややかな衝動の淵をさまよい　ちらばる足跡がつくろう風景にまぎれる　間歇的な残像は難破の形の両義性をふくみ　側面からの封印をろ過と名づけ　私はいつでもひしめく過誤を

あなたにゆだね　傷をひろげ火照りをしめす　棘の営みを告げる　あやうい角度の跳躍を伝えていく　摑んだはずの眼差しにしばられ　修辞をついやすはるかな遊離がたもたれ　やはりあなたは風にゆらぐ細い茎を抱くだけであった

たゆたう五感をせき止める秩序にからまり　背後で泡立つさざめきをむかえ　夢の狭窄へとおもむく　鎖の朝を絶つ関節のゆがみ　眠りの収斂　ながれる種子の発芽において楔を解き余白をうめる　ひそやかな切開の先端の刃にもたれ　つめたい摩擦に螺旋のはばたきがおとずれ　透きとおった鍵をもち　私はあなたへの軌道をあゆむ　過剰な律動から導かれた交錯はふくらむ　終わりにするために必要なことが欠けている*　はかない抑揚の汀をめぐり　ゆるやかな終極を失いつつ私ははじける

*鈴江栄治「味覚」
*岩成達也「続鳥に関する断片」
*サミュエル・ベケット『見ちがい　言いちがい』

はるかな痕跡は綻びの記憶をたばねあわい祈り
にたゆたう

そうしてねじれた浸食に美しい静寂はさえぎられ　零れていく像のさざめきに聴覚はきしみ　くぐもる声がひややかな覚醒をよびこむ　雪がとけはじめた真昼　完結しない物語をぬけだし　空白を埋めるためにあやしい夢をつづり　つづられる語と語のあいだの息苦しい差異　私には私の諸状態の瞬間と語との一致が欠けているのだ*　穿たれる間隙　沈黙のなかの隠された刻印は変遷の脈絡をつたえ　ゆらぐ方位につらなり　放棄するであろう言葉の響きにふるえる指先の　たしかな律動　すがすがしい跳躍を非連続的なものとみなす翼の錯誤は　つねに倒立のあざやかな反復をかかえている

かかえた澱みはゆるやかな衝動をにない　あふれる恣意に指先をからめ　ひとつの寓話を創作し　排出する夜の盲目　逸脱のわずかな欠如に縺れるようにほのめく磁場にまねかれ　あなたの眼裏にたたずみ私の肌をささや

き　したたかな表層からせつない深奥へと　上下のみを遮られた言葉だけがかすかに身じろぎする＊　つかむ足頸　そのあえぎ　あなたのしなやかな沸騰をもとめ　あるいはずれていく湿性の解放にとらわれ　発熱がにじむ切断をかかげ　あやうい仮象を共有するひそやかな愉悦にしずむ　亀裂の密度をはかり　戯れの密度にまどい蝕まれた断層は幻の羽ばたきにふれ　緩慢な交錯がふくらむ囲繞をかたどり　ちいさな擬態にあらがい　向こう岸へかなしい死者を送りだし私はふたたびの逸脱にさまよう

逃れつづける指先はきれぎれの素描をえがき　うすい触角で独白をふちどり　あえかな構図をたぐるほころびの夜明けをむかえ　きらめく羽音に病む　うつぶせの裸体のかたわらの楔　つめたい吐瀉物　排泄の晴れやかな高揚をうけいれ　たゆたう言葉の淫蕩な渦にからまり　私の背後は無形の意味に蔽われる　侵犯であったもの　いわばあつい痕跡をもとめ歪んでいく記述の　夥しい削除と挿入　答えのない運動はさまざまな輪郭を解体し　すでに分割された私の影とまじわり　どこまでも変容するあらたな虚構を組みたて　任意の抹消にともなう脱皮とともに　うごめく記憶はすべて柩の底へとながれる

＊アントナン・アルトー『神経の秤』
＊関口涼子「水の精・表／裏」

欠如の波動はやさしい幻影をたわめる

つねに喪失の予感がつきまとう視覚のなか　流れていく鍵を追い　うつろう渦にからまり曖昧な指標をさぐる　選ぶべき呼び名の転位にまねかれ　誤謬をふくんだ企図に促され　触れえない像に魅せられ記述をやしなう　代価としての屈曲をはらみ　突端からこぼれる同意にふたしかな隔たりの濃度をかかげ　境界はくぐもる　限りあるもののへりはその限りのそとにあるものにほとんど吸いこまれている＊　かすかな変遷に沿い雲のような陥没に落ち　棲息の反照だけは封印しひとつの輪郭を象る

寄りそうために輪郭を繙きながら　言葉と言葉の間隙にまよい欠落の中点をめぐりしたたかな羅列にしずむ　記憶の破片をつなぎ　生み出された架空の鎖をつかみあなたに近づき　やさしい投錨を　一瞬の融合を　もしも求めることができても　掌のあたたかな感触とともにすでに歩みは放たれ　さらさらと逃れていく秩序を計る指先の飢え　乾いた爪は砂の時間に埋もれている*　捏造の位置に指先はおさまる　ひそかな攪乱の　包摂の衰弱はあらわな余白をかかえた果てない留保にきらめく

夥しい設問に風化の構図はほころび　放逸なざわめきが挑発の種子をそだて　発語の途上で覚醒する　あやうい素描は蝕の痕跡をさらし　縫い目をおおう混成の遊戯に手触りの慰撫をのぞみ　速度の素数を秘めた裸体をよこたえ　いとしい媒体の夢をつむぐこと　失われた回帰と連携すること*　そして静止と疾走のどちらをも放棄すること　みえない腐乱をかかえ　狭隘な拘泥はいくつもの分岐にあえぎ　熔接の遅延にまぎれ　はるかな病に侵されたあなたの耳許で囁く声は遠い夜へとくずれる

たどり着くはずのない岸辺にとらわれ　静寂な波をおもい　交感の破線をなぞり　結語のおだやかな調和をねがう　はかない呼応の飛沫をとどめ　希薄な独白はいわば隠された枢の破壊であり　あえかな体温を湧出させるかなしい不在を表象する　不在の征服はひろがる　欲動の角度　不在とは欠如の持続だ*　欠如を許容し　ここにある影にくるまる　温もりの強度をたくわえ復路のない愛撫をついやし　彼方へのあふれる侵犯に関わりつつ互いが透明な核となるまでむしろ消耗の官能を束ねる

＊吉田加南子『詩のトポス』
＊畑野信太郎「鳥の刻 I」
＊パスカル・キニャール「メドゥーサについての小論」
＊エドモン・ジャベス『小冊子を腕に抱く異邦人』

抑揚の描線は羽ばたきを彩りやがてかすかな摂理へ

ゆるやかに背後から縁取られた輪郭はながれる風にくずれ　あらわな傷痕を呼びおこし　おびただしい交差の痛覚がちいさな隔壁を生みだす　夜に閉じていく言葉　裁断された営為をつなぎ　むしろせばまる通路にひびく足音の斑紋は　盲目の歩調にそって　ささやかな晶出にかくされた恣意的な把握をあらわす　ゆれうごく記憶　呼応の戯れ　みえない迂路そのうえに　定まった形をもたない未来が現在のなかに溶けている現在がただちに語られる*　そうして浮かびあがる陰画の切片は　はかない岸辺に投げだされ　私はいつまでも盲目の躓きを曝しつづける

さまざまな躓きの残像を拾いあつめ　内耳にからまるかすかな叫びに耳を澄まし　気だるい遺棄の裏側で築いていく誤謬の侵犯の　まぶしい連鎖　脱臼の感覚　ひややかな擬態はつねに私の影をつくりだし　避けられぬ場所が含んだ意味を演じる　あふれる水の意味となって　たどたどしい科白にもたれあなたと向きあい　零れていく希いにただよう裸形の動脈をつたえ　したたかな棲息の奥にひろがる逸話をしめし　かたい発芽を育むこの自慰を手渡す　仮借なきもの　おそらくは不可能な伝達によるすがすがしい発露であり　一瞬のきらめきは消失のためにあって　あやうい加熱を受けすでに足許は孵化に穿たれていた

あつい掌が握りしめる氷のようにつめたい言葉の先端を　足許の窪みに埋めこみ　踝をよぎる黙約のへだたりは　ほそい糸でつくろう私の領土をえがく　たたずむ仕草は時間のうごめきとともに偽装をかたどり　くちびるから胸元へとにじんでいく発話の著しい混濁　揺動の翳り　はるかな境界線をむしばむ息苦しさ　時の闇はのどを締めるひとつの爪だ*　欠けた夢は蛇行の拘束をもちはじめ　砂漠の闇ではかならず嬰児の悲鳴にまみれる　もっともたしかな腐爛をしるし　ちぎれた風の行方は追わず反転する裂け目をつなげ　折りたたむ線分にあらたな

余白が訪れ　そのようにして裸体のままたゆたう私は
蘇生の泡立ちをうながすやさしい秩序の変換に抱かれる

＊アンドレ・デュブーシェ「なぜなら、些細なことで調子がはずれ……」
＊ベルナール・ノエル「夏、死んだ言語」

やさしい蘇生は穿たれた喪失からひろがる

ひややかに過ぎさる水の流れをまといながら　夜の蜎集に耳を澄まし　あやうい雨音の感触とともに消えかかった原画をなぞる　放縦な痕跡がにじむ境界線　つねに脱色をくりかえす像の切断面　やわらかな被膜であったもの　種子の発芽をうながしほそい裂け目にあえぎ　変調する囁きをもたらす　おそらくはやさしい抑圧から逃れるため　私は必然の衝動をよそおい　宙吊りのままに閉じられた白紙の部分を探っていく

無形の気配にただようかすかな叫びをたぐり　手探りで解体するとおい記憶の　ゆらぐ幻想に彩られた記憶にもたれ　届かない手紙をつづる目覚めの朝　まるで新しい誕生を求めるように熟した卵をかかえ　ぬくもりの浸食から綻びはじめた私の円環のひそやかな悦びは　あなたの水脈へとつながり　あなたの祈りの密度をむさぼる
たとえば夏の汗にまみれたあつい愛撫によって　免れえない息苦しさにねじれ　いくどもあなたの胸を刺した指先の刃は私の著しい転倒をさらし　はかない苦痛でかたどる互いの翳の罅　鏡の傷　すでにあなたの悲鳴は私の内奥で育まれ　抗うほどふかい呼応にしずみ　封じるほどあらわな服従をまねき　透明な交感をねがい　夥しい反復がうがつたしかな侵犯は　未分化の核をになう私の避けがたい磁場であった

そうして束ねていく摩滅の予兆に魅入られ　言葉と言葉の間隙にほのめく意味の領域は　翼の名残をのこすさざなみの息遣いをつたえ　晴れやかな均衡をたもつ　戻ることはない接点がひろげる永遠の躍動　その行方におび

え逸楽の裁断をつづけ　あなたのあたたかい掌を葬りつづけ　私の盲目をあばくかなしい腐乱のうえ　真昼の波に垂直に落ちる日差しとなってあなたは輝き　互いの横顔を照らし　したたかに裸体の露出をつらぬき　あなたと私はおなじ形の柩を組み立てたとき相殺される

開かれた扉は透明な幻を生みつづけて

ふらふらと築いていく四囲の側面をみつめ　ゆるやかな凝視に浮かびあがる片隅の傷痕をなぞり　壁の罅をあらたにさらす　たしかに在ったもの　抹消のなかでうごめく錯誤の恣意をくりかえし　たたずむ位置を解体する測りえない距離に引き裂かれる近さの真空*　過度の留保　外部から内部への波動をかかえ微熱の行為はあざやかな亀裂をまねき　亀裂の向こう岸の微かな光に照らされ　現われた陰画の主体はいくつかにわかれ　こうして排泄のような影の鎖が生まれる

眼差しはきわめて流動的な肯定にゆがみ　渇いていく鎖をたぐる指先の　一瞬の切断　体温のちいさな窓　逃れるために　あるいはここから発する飛翔のための裸体の跳躍　すがすがしい眺望をもとめ　生成と消滅の思いもよらぬ変容のかたちを示しながら*　はかない従属がつくりだす独語を空につなげて　投げだされた胚珠はささやかな浮遊にたゆたい　振りむくことのない背後の寓意をたばねる　壊れかけた鏡の充足をにない　折りたたんだ襞のままにあなたの耳許へとかたむく

たどたどしい記憶をむすぶ言葉にささえられ　瞼でふさぐ夢想をたぐり　さまざまな提示の等身大の歩みにあえぐ　欺瞞の攪乱ですらひとつの要素となりうる転写の持続　真夜中のささやき　開かれた扉　足裏と足裏をあわせ　私の縁取りをあなたにゆだねる　たえず対照的にしか拡がってこない私たちの不治の皮膚病*　幻影としての交合をうけいれ　もしも欠ける月のしなやかな聴覚に達するならば　あなたと私はやさしい侵食にきらめく果てない循環となる

ぬくもりの充血にもたれ捩れた秩序をよびこみ　遅延の密度があばく汀の彼方につまずく　取り除かれた封印から透けてくる照度の窪み　はなたれた無彩色の耳鳴りに裁かれ　溯行の高揚は著しい転倒をにじませ　隠された残滓が咀嚼をはばむあやうい淘汰の　運動の息苦しさその始まりと終わりについて語った者など誰もいない*はるかな深淵は打ち捨てた疲労にうつる愉悦であることを誰も免れはしない　ひそかに綻びの糸をたどり　喉頸を締めるあつい核はつねに私の放縦な指先であった

*宇野邦一『日付のない断片から』
*埴谷雄高『埴谷雄高準詩集』
*岩成達也「十四行のメモならびに補足」
*戈麦「海子」

夢の密度はいつしか祈りへと放たれる

折り畳まれた夜の時間に浮かぶかすかな光をもとめ　ゆらぐ煙の形象に向かいあい　たどたどしい足音に耳をそばだて　非連続のほそい軌道をさぐり少しずつ窓をひらく　なだらかな傾斜にきらめく発芽の高揚　転位から転位へ　底に息づく小さな鳥の羽ばたき　夢の波動に導かれ　過度の肯定がつくりだすあやうい断層にやすらぎあなたの体温に近づく　おそらくは半睡の質量をかかえながら　放たれる言葉の先端のしたたかな変遷にたゆたい　たゆたう私もつねに変容をかさねていた

うつろう指先で足許の位置をふちどり　律動がささえる修辞の配列にかくされた繭のような痕跡をほどき　とおい眺望にしずむ　はかない交感は腫瘍となって波紋をつむぎ　蛇行の感触の独白があらたに記憶をたばね　やさしい幻想はゆるやかな反復に零れてしまい　記憶はやすやすと夢を振り落としてしまう*　私だけの鏡の挑発に追われる抑揚の訣別をくりかえし　記憶のなかで問うほどにすり減り砕けていくものの声がつめよる

こごえる耳朶をうがつさまざまな吃音につまずき　湿度

の狭間でつめたい夜の陶酔にさらされ　擬態をつづける
明らかな錯誤において　偶発的な接岸に築かれた残滓の
堆積から　私の破綻が露呈する　よどむ波打ち際をその
ままに　あるいは絶えず背に腐敗をひろげ　血の流れに
まかせ黙約の破線をたどり　むきだしの裸体は削除のか
たちの仮死をねがい　あなたの腐敗へのがれ　あなたの
渇きをのぞみ　生成のための果てない回帰にあなたと私
はあふれる

ひとしずくの意図は投げだされた発熱をつたえ　慰撫の
生まれる瞬間をとらえ　ひそやかな充足にくるまる　ふ
たたびの夢の営為に掌をさしだし　私の蘇生をあなたに
ゆだね　中空の手触りを娯しみ恣意のせせらぎをただよ
い　けれど互いの眼裏にえがかれた像は異和を育む　分
かちあえない媒体の核を負い　翻る言葉の　葬列の途上
のようなあつい反照　すでにそれは伝達の器官ではなく
切断の器官である＊　必ず殺意の秩序をくぐり　すべては
任意の扉をみつめるあなたの欲望へと蠢く

＊ヴィスワヴァ・シンボルスカ「現実」
＊オクタビオ・パス『エロスの彼方の世界』

そして戯れの指先はちいさな渦にまじわる

半睡でむかえた夜明けはおぼろげな視覚をつくり　あわ
い影の擬態をうけいれ　まぶたの裏側は覚醒をもとめ
違和のかすかな振動からはじまる像の亀裂にめざめる
眼球の朝　ゆれうごく焦点の記述をつなぎ　注視の交差
はおだやかな留保の傾斜を溯り　つねに途上であらわれ
る齟齬の陥没　みえない切開とひろがる傷口　いくつか
の意図で閉じこめた拘泥をしたたかに語り　生成される
恣意の希い　私は立ったまま目や耳や旅程の油滴に息苦
しく膨張していくのだ＊　仮死の連鎖にひそむしなやかな
強度によって　その充血に頬をよせ　果てしない循環の
奥のちいさな慰撫を取りだし　指先はあらわな高揚のつ
まずきをになっていた

つまずきが呼びおこす偶発的な律動は　抑揚の指先にた
わむれ　ふたしかな輪郭をめぐり絶え間なく刻印をもた
らす　遠ざかる影　背後の褪色　おそらくは向きあう以
前の欠落であったもの　外形を保つためやわらかな表層
にまぎれながら　もろい瘡蓋をかさね　それぞれの摩擦
をかくすかなしい素描にえがかれる螺旋の喘ぎ　とらえ
た錆び　どこかが破れながれる位置　移動はただそれの
みを目的として行われるわけではない＊　私は問いつづけ
なければならない　湿度の狭間をくぐり損なわれた意識
と記憶の　解体と縫合　きれぎれの断片をあつめる胸板
の軋み　そうして排斥の欲望をはらみ　飢餓がうみだす
反転の瞬間から私はひややかな振り子となる

ひややかな揺動の先端にめばえた独白をかかえ　あつい
萌芽にまぎれ　逃亡の企てのようにあなたに手渡す夥し
い錯誤　衝動の還元　あやうい伝達をとおり沸騰の塊を
放擲し　脆弱な胎児の遺棄はすがすがしい分離をふく
み　清らかなせせらぎに充たされたやさしい情景をのぞ
む　羽ばたきの行方をあがなう蛇行の営為と　向こう岸
のまばゆい光　なかば眠りこんだ反射光線のなかでほど
けていくすべる皮膚の海域＊　ふれた夢のあざやかな震
え　あなたの胸の鼓動によりそい　ゆるやかな放尿とせ
つない射精との著しい差異にきらめき　あまい表象をか
たどる裸形の囁きにたゆたい　はるかな虚構からこぼれ
るひとすじの挑発に　むしろ寄生のため私の変容を捧げ
ていく

＊広瀬大志「時戒の羽」
＊小林康夫『出来事としての文学』
＊トリスタン・ツァラ『種子と表皮』

あつい胚種はとどかない夢想にただよう

うすい闇をつらねて寄るべない歩みをつづけ　失調の感
触に魅せられ数えきれない誤差をたくわえ　さらにゆる
やかな盲目の中点にまじわる　偶発的な予兆をうみだ
し　つめたい喪失を秘す足許の傾斜から澱みの系譜があ

らわれ　ゆらぐ照度を背後に誰のものか分からない悲鳴をたどり　波長のずれをかかえたまま　軀の底をながれるかすかな声をあつめる　音の糸が撚り合わされて一つの振動数を獲得する＊　ふるえる森をつくり　抑制の触角を研ぎ　そうしてひらかれた生成を過程と名づける

呼びよせた景観にゆらゆらと彷徨いながら　仮視の湿度にさそわれ　くぐもる陰画を漂う　なめらかな屈曲と晴れやかな静止の場所で　放擲された発芽はすでにいくつもの樹木をかたどり　すがすがしい湧出の湖水はみどりをたたえ　永続的な囁きの　虹彩のなかの漠然として遙かな視野＊　たとえば樹木の影にかさなり自分の影を見失い　うつくしい磁場をもとめ　水辺に近づく　せせらぎはおだやかな鏡面となり　鏡の深奥にはあなたの瞳があって　やさしい匂いにふれても眼裏のあなたは欠落に穿たれ　あなたの瞳に映る私の像は半身でしかなく　欲望のための視覚をまとう　絶えまない露出によって互いの縁取りを充たし　あるいは目測の錯誤をとおり　ここから始まる封印の累積に支えられ　私のかたちはいずれ無機物の組成に括られる

とおい境界線をほどいていく記憶の裏側は　ひび割れた器からこぼれる言葉の環にねじれ　ひしめく葉脈に滲むたしかな棲息の　異和のきざし　置換の羅列とあえかな連鎖　さまざまな惑いが摩擦の帰結をまねき　つねに幻想はおもたい翼を孕んでいて　修飾の羽音は私の心音だけの密度をもち　羽ばたくことはなくしろい紙にとどまる　傍らの扉をたたくあなたをのぞみ　夥しい断片をつなぎ捏造の森を手渡し　ひそかに夢をゆだねて透明な放蕩にたゆたい　消失の予感を迎えたとき私は途切れる

＊高柳誠『星間の採譜術』
＊デューナ・バーンズ『夜の森』

（『燭花』一九九九年思潮社刊）

追記　晴れやかな不在に

いつか
来たことのある
緩やかな坂をくだり
置き去りにした小石の
真昼の耳鳴りを
ひろいあつめ
ぎこちなく
あふれる
巣の夜を聴く

そうしてぬくもりが残るこの半円の内側をなぞってみる

にわかに
猥雑な水は流れ
疑わしいものとして
あわい座標がたゆたう
ふわふわと剝がれていく
いちまいの紙の悪意は翻り
かすかに引きつる焦慮のように
したしい身振りであなたを求める
いつも不慣れな素足の意図をからめ
沈みこんだ枠の姿の充溢へとあらたに向かい
私はみだらに軀をひらきやさしい応答を待っている
砂塵にまみれた無意味な生物となり聴覚を研ぎすまし
ここではあつい包容の余韻を楽しむことができる
つめたく自堕落な接触の一画を拡げてもいる
くちづけをしたあとの暗がりの強度に迷い
だれもが密室ではぐくむ架空の荒廃を
なにかに埋めてしまっても
私にかたちを与える
あなたのあまい綻びに
まるで恋しい死者達の眼差しの
さざめく痛覚を想っていた

はぐれた鳥が戻ってくる
生者と死者との
見分けがたい
影に交わり
かろうじて
足許は
薄氷の上に
たたずむ

または窓際でそっと風の回廊をたどっていく

ひそやかな声をめぐり
ことさら盲目のまま
言葉をくだき
いくども
散骨の時空に漂う
しろい灰の放物線に
照らしだされる
あなたとの黙約を

きっと私は
果たしたりはしまい

あなたの背を眺めながら
位置はずれていく

まして
ふさわしい
これらの領野の
みにくい属性から
成熟しない発語を招き
とおいあなたの夢を問い
すずやかな岸辺にちかづき
凍えるほどふたりで波を受け
あなたと重なる瞬間を経ていても
つねにとどかない存在である
上澄みだけを告げてさえ
どこまでも潜んでいく欲動を湛え
うつくしい情景を捏造する私の指先を

やがてあなたは咬む

慰藉を飲みこむ?

あやうい
零度の
午睡をねがい
互いの像を抹消するため
もろい鏡の気化を請い
至近の陥穽にあわせ
失せていく光へと
ひろやかに
浮遊する
量感の
儚い摂理は
ほどける

ゆらぐだけの夏の方途
(あてもなく炎暑に嬲られいつまでも彷徨うことを許さ
れている)

いま
昨日の軀をひきずり
いくらかの鼓舞とともに
空の封域をのぞむ
ちいさな鋳型を割り
零れていくつぶやきの
そんなある片隅の
潮にただよい
光を追う

そして犯された地理を盗掘する

扉のない
猜疑のような

蠢くものを抱え
偏愛をかさねた
八月の蝶をにぎる
鱗粉にまみれた掌を
黙したままあなたに差しだし
きっと　受けとるあなたの
やさしい唇はふかい傷口であり
穢れることの意味にそって私たちは戯れる
あらあらしく混濁する双児の位相をかたどり
貪婪にじりじりと伝達しあう巣の腐蝕を
甘美なひとときを摂理として企てはしても
私たちはとうに分かっていたのではなかったか
うつろう彼方の色彩はここの変質から始まっている
みえない手錠をかけちがえ痛覚を問いなおし
逸れていく互いの自虐にもだえつつ
ならばみだらに必ず出立をくぐり
私を捕えたかなしい吐息を胚胎する
ふくらむ蕾のあわいみどりに
何度目かの交感をたくし

かがやく意図に深まり
主語がうごいて
腹腔を充たす

（けれど参入するあなたにとって私は無力である）

ほそい枝を折り
ふらふらと
あゆむ
肩に
さまざまな
視線がからまり
知らないところへと
繋がれていく

私はどこなの？

いつからか
白日のために暗闇を這い

暗闇のために白日をめぐり
定まらない場所に棲み
熱い肌を曝していた
計りがたい境界を
越えようとして
ふたたび
戻る位置は
譬えれば
あなたを感じるために
あなたの喉を絞める場所

まるで儀式の
恋に溺れて

まばゆい
陽射しのもと
これら不安な肉体の
ひそやかな鉱石よ
額の汗　背の汗　胸の汗に滑り

蠟となってとどまるまえに
汗をつたって
消える愉悦の花であれ！
だとすればいったんは免れる
規範の強度を眺めることができるかもしれない
埋もれた周縁を探ることができるかもしれない
猶予をねがい照らしだす答えにむずかり
ただ壊乱の試行をつづけて
気づかぬうちに
性愛のあやうい仕草で
ひろがっていく私たちの
風の密度は
とても
かすかだ

（遠い呼び声は成熟を拒んだ私たちの告発を含んでいる）

ひいては
ゆらぐ逆説をたどり

反転する挿話を費やし
きこえない喘ぎを
後景に捨て
ささやかに燻る
しずかな眠り
などを
招く

眠らない種子の経路

とある午後
ふいに
片言から垂線をひき
空を見あげる植物となって
釘づけられた
昼の月の
淡い輪郭をさぐる
巣穴の腐蝕のような

あるいは儚い夢の暗転の
隠された根拠をめぐり
辺境のもどかしい磁場に佇み
私はそこでかすかな足音を聴く
奔放で未熟な触手をのばし
日差しのなかであなたを待ち
そうして緻密なあなたをとらえ
うっすらと暗黙の空欄を開いていく
汀でからまる影の所作をあじわい
すがりつく指先が傷の悪意をはらみつつ
いずれ壊れるこの愛しい私たちの矩形の箱は
ともすれば残酷な檻にふさわしい
わずかに罠の匂いもする
けたたましい騒音をかきわけ
選び取ったはずの危うい位相において
私たちは抱擁し接吻しすべてを留保する
たとえなにも結実しない退化の一歩であっても
これには彼方へとむかう愉悦の拡充がある
透過と遮光の晴れやかな表皮をまとい

なお負荷をせおい仮託するものの懐疑を欺き
まぎれもなくやさしい中空にたゆたうのだ
ほどけていく生体をあらたに結びなおし
いっそう忘却する茎の揺らぎをもち
私の眼はなにかを追っている？
あなたの眼差しはどこを見つめている？
それとも通過したまでのつめたい寒気の蛹なのだろうか
つねに修復できない表象のねじれをたずさえ
私は行き交うひとびとによって成りたち
白日にまみれたあと剝落する
埋もれていく小さな種子の
かたくなな充溢に変容し
そう私は目覚めてはいない
ただ目覚めるために
いびつな姿を曝すだけの
跛行するひとつの切片である
おびただしい悔悟を口実として
発育をさまたげる断線をくりかえし
眠らない緩慢な領域に沈み

自慰をよびいれ
すでに子供の恋を始めている
おだやかな憧れをえぐり
有限と無限とを混在させた戯画をなぞり
いかがわしくもおさない悲鳴は
いくどもくぐもる指針に惑い
それらの保証を
あなたにもとめる
みずからくらい胎道を選択し
これがあなたの患部への
つましい順路となるかもしれない
きっとささやかな風にのって
駆けぬける高度をあつらえ
均した錯誤を
いま弔う
とおい
地衣類に横たわる
心地よい肌ざわりが
硬骨の裏側で

いきいきと
うごめき
逆光の干渉に
かなしい愛撫に
釣り合うほど
そのようにして
脆い両翼は
なだれる

あるいは終わらない問いへの告発

夜更け
ひっそりと
ながれる雲に
いまだ生まれぬ
痩せた胎児の
声をのせ
その震えを追い

あわい音階を渡る
あてもない風の変容に
種子は溺れ
冷気にはじけ
こなごなに
砕けてひかる星の昏睡にまぎれる

欠けた音叉に
かすかに呼ばれ

どうしても
残酷な秒針にあわせ
儚い誘惑を乞うほどに
やさしい像を裂き
私たちの視覚は
祈りの角度をはぐくむ
偽造した不分明な鏡であった
変貌する互いをたずね
それは自らの変貌をうつし

豊穣な亀裂を収穫として
省記の惑乱を歩むしかない
あらあらしい嵌入の足裏を翻し
あなたに巣喰う小さな猟犬のように
私はあなたを咬んだあと
あなたの胸でまるまって眠る
ゆるやかな脱臼をともにたずさえ
そうして私たちは偏愛の美しい図式をえがく
ここでは情動に入りこんだ肉片がさらに膨らむ
真夜中のみずみずしい花火にやぶれて
しなる鞭の痕跡をなぞる手つきで
私たちはとおい傷口を舐めあい
充たされぬ想いを濃密に味わうのだ
いつまでもとどかない核の中点へ
終わらない遺書をしたため
まずは切断をめぐり
もろもろの糸をからめ
しどけない枷を
あらたに養う

狭い敷地の
窪みに
滑り
きっと
もつれた夢は
踵の辺りを
かろやかに漂い
秘匿の透明な
瓶にこもり
あやうい
果実の
ひとつの
反照となる

四散する熱
草いきれにむせ
森の尺度を求めてみる

いわば
苗や枯れ木の
混在する閉域を示すなら
群れた眼差しから外れ
だからこそ
ささやかな黙契の
延焼をのぞみ
飼育された
五官の
ほそい発情は
あなたを経由し
柔らかい刻印をあがなう
ごくわずかな譲渡によって
なぜか貪婪な恋の徴候によって
気づかぬまま旅程の肌理を選んで
どこかで死者が自律の息をふきかえす
すでに誰のものでもない
この振動体において
なお穏やかに

抱かれる安息は
零れていく
悲しい詰問の
裏側に
ある

いっそう睡りの薄片を

（なぜなら同化のあとに必ず対象は解体される）

視線の行方
朝にくすぶり
折りたたまれた
営為を放ち
空隙にさ迷う
その密度を請う
せせらぐ
位置

緩慢な傾斜に佇み
果てない眺望をよびおこす

あやうい接点に
　いちまいの花びら
　　あざやかにこごえ
　　　揺動にひるがえり
　　　　嗜好をともなう拘束の
　　　　　はかない誘因となる

反照と
分かちがたい
風の示唆を追い
はるかな安らぎをもとめ
（安らぎは少年の影のように残酷にすがすがしく）
薄明のみどりがやどる
ほそい枝をつかむ
斜視の谺を捋え

不意の麻痺に遊び
渇きを癒す
背後には
いくつもの
つめたい放棄が
頑なにひそんでいて

しばしば羽撃きと見紛う幼い段差の交わりがある

捨て去るものの
あらわな脱色
均衡を促す
意図を
渡り
気まぐれな
煽情にふるえ
あつい陽射しに
おぼろげな偽装をぬぐ
降りそそぐ光の微熱に惹かれ

あなたの指先がもつ湿度にふれ
慰撫のまなざしをおびたやさしい接近を想い
投げだす四肢は裏づけのない腕に抱かれる
たしかにゆるやかな戦慄が官能をささえ
要約のたびに失語は足裏からひろがりはじめ
摩滅の気配にくるまり硬直する私の地平において
薄い静脈と静脈をあわせるほど美しい凌辱の水はながれ
譬えれば睡りを倍加し密閉された容器に溢れる表象の
無化へおもむくゆたかな切断を受けいれて
つねに休息と欲求の狭間にとどまる
あなたのかすかな疾病を肥大させ
なまなましい円環をかたどり
退行へとむかう愉悦を
誰も止めることはできない
私の背の傷をつくろい
あなたの喉を潤し
新たな四囲を
巡っていく

つまり
黙殺の波形に
境界はなだれる

（欲動のちいさな結晶だけをのこして）

遠ざかる視野
　なだらかな酩酊をくだり
　　未生の意味にまみれ
　　　途切れた叫びは
　　　　花びらのように散り
　　　　　さみしい忘却を生む

あるいは記憶を作りかえ
削除と挿入の精度にこだわり
侵犯する過誤の映像
私の素手の
冷やかな質感
戸惑いにたわむれ

白い画布に
楔を打ち
仕組まれた
ささやかな破綻
ここは
どこ？

それぞれの侵入が錯綜する世界を織りあげる

ひとすじの蜜腺をたぐり
紡いでいく跛行の巣の
一瞬の屹立　封印のゆがみ
あなたへと開かれた明度によって
それは堅い捕縛と晴れやかな落下にふくらむ
きよらかな棘を所有し不可避の仕草の
私の頸を締めつけるあなたのほそい指先の
みずみずしい旋律の汀ではなやぎ
あまい痛覚を味わいなお貪欲に
著しい露出にたゆたい

砂から灰へと
局所の変容を企てる
せつない浄化をさぐり
互いの輪郭を
啄ばみ
私はただ
掠奪の
幻惑にみだれる

（かろやかな抑制は萎縮した強度に応じる？）

たわいもない事柄
　すべては帰結し
　　蓄積する歳月
　　　循環と終息をそなえ
　　　　きっと逸楽の生成にかたむく
　　　　　剝がれていく種子

いつまでもとどかぬ空に恋し

限られた領域をかたり
もどかしい浸透と
むしろ拒否の釈明の
縮図を手渡しあなたに抑揚の接吻をおくる
うしろから護られる種族として
せまい軌跡に落ちる過剰を
もう責められはしまい
深い逃亡をかさね
私の触手の芽は消えさり
拡散する記録となり
偏愛の雫がねむる

こうして
埋もれた経過を
あてない襞の
楽園に似せ
ひそかに
夢は
泡立つ

いまだ咲かない零度の粒子

稚拙な覆いがきえる
追放の春
もうひとつの
痛点へと
地下に蠢く
純化の根を指し
にぶい彩度の
影が膨らむ

あるいは可動性の溝をひっかき緩やかな円環の変質をく
　だっていく

うすく
枠組みをくずし
つよい風の音にそって
彼方のあざやかな輝度を想う
色褪せていくこの磁場の

親密な腐蝕をたぐり
ながれる時間の
無為の束縛に慄く
僅かな差異がもたらす
不完全な擦過の反映
いつも折れまがった浸食の形で
介入する寒気に応じ
いかがわしい露呈に赴き
そうして砦の細部から武装を始め
私は蛹の身振りでゆらめく
熱い硬直がひろがる胸元をあなたにさらし
半眼にちぎれた向こう岸には
たしかにささやかな谺を充たすやさしい内部があって
裏付けのない杭を穿ちあなたの鉱脈へと歩んでいく
しろい画布のような鉱床に横たわり
あなたの触覚の損傷にもぐりこみ
あわい余剰のなかでいっそう淫らに手足を伸ばす
剝奪された夢想を取り戻すため私たちは柔らかく重なる
重なり後退し血腥い訂正をくりかえし

なお恋慕をつづける闇の未知なる発情を
ひたすらあなたに渡していく
遠い魅惑の密度をさぐり
遙かな稜線にためらうほど
おろかしく
届かぬところまで
裸体のまま漂う

せめて
あたたかい檻を作り
あなたを閉じこめ
私を眺める
いや
私を閉じこめ
あなたの瞳に
抗うのだ

果てない誘惑だけに感応し
至近の距離を計れない

その曖昧な陥没
あらわな落度
きっと
狭窄する往還は
これらの澱みを湛えた川となり
私たちをめぐっている
幾多の小さな亡骸が浮かぶ
かなしい
跛行に
すでに存在した
乖離の渦をただし
いつまでも慣れない
屈折の素描に眩む

だからこそ奔放に抱きあい出口のない未完の消滅をもと
　める

辺境のあらあらしい焦慮において
はかない充溢の気配を孕む

あなたと私は誰と誰？
交互に渇きを癒したあと
たがいの脆さを貫き
やがてつまずく
極を引摺り
さらに仮象の
淵に
溺れる

なおも密接な声にゆらめく

あわく
鳥が溶ける
湿った居住地に立ち
蕾のままで息づく
声のかけらをもとめ
なまなましい土を掘り
圧縮された冷感をたぐる

注釈にふくらむ
この領野の
かすかな炎は
すでに自明の告白であり
置きざりにした分身を裏返し
ひとつひとつの充血を数える朝
とおい事象を巡りはじめる
かつて
晴れやかな
憧れをたずさえ
純真な扉ごと
余白を埋めこみ
ふいに退行する応答の
ありふれた錆の感触に
蜜月は犯され
誤差を紡ぎ
ほつれた彩色を
硬い抑圧とみまがう
やがて分かたれる路上において

なにも為さないことに正当性はない
ここであなたを失うわけにはいかない
疑わしい安息をからめとり
子供の面差しをかざし
爪をのばしあなたの頸を締めてみる
くるしむあなたの際でゆたかに寄生し
そうして指先の痕跡をたしかめたあと愛撫する
僅かな愉楽を変形させもっと奥まで貫入するために
そもそも痛覚はやさしい消耗を照らしだし
白日にただよう負荷を共有しつつ
うるわしい方法で隔離され
ゆるやかに激しいひとときを
私たちは望んでいたのかもしれなかった
空腹をかかえた生物の縛られた腕を
むすびなおす聾啞の口実を
いたましく自在なものとして
あえてみだらに堪能する
それぞれのまなざしがあり
あなたがうみだす衝動さえも

擬装する言葉の鱗となって
私の面積を充たす
甘い感応にすりかわる
だからこそ
あなたを選んで
夥しい内部を広げるのだ
ぎりぎりの除去を施し
不可視の結晶を作り
反転をくりかえす
固有の様態を
そのつど差出し
私の裸体は変容する
屹立したはずの杭を外し
あおい花を咲かせるように
果てしない宙を飛んで
流動する空にあわせ
したたかに生育し
やわらかにむさぼる
光の波紋をまとい

うしろから溺れていく
ゆらめきに癒され
ふさわしい
輪がつきるころ
ささやかな
花弁を
食む

あわい流露の野の行方

曲線の夜明けに
声にならない
吐息を聴き
はるかな
刹那の
波を請い
せめて彼方へ
脈を広げる

繭から逃れるため
　　垂直に胸を割り
　　　　ほつれる糸を焚く

（小石の斜視をあかす）

あらたな発見のように
かつて在ったものの疾患を招き
それは呰の悪意をいざない
熟さない卵は割れて

もはや順路のままには進めず
　　ひとすじの光をさだめる

なによりも
ありきたりな寒気に凍え
束縛のやさしい湿度を望み
私は梢の破色の飢えをゆさぶる

いとしいあなたの針の先へと
たえまない焦燥の中の切望の芽を渡し
頸筋から胸元へのしなやかな愛撫によって
瓦解していく不安な雛のちいさな時空を消耗し
あなたはどこまで親しい干渉をはぐくむ？
そしてあじわう偏差の軋みにいつまで耐える？
つましい水脈を漂い脱皮としての交合を果しても
むしろ逆行していく悲しい背理にしずみ
半透明な媒体でしかない互いの慰撫を
あつい抱擁とみなし触手にまぎれる
封じられた水の流域におぼれ
あなたの夢の後景にもつれ
とりわけ狭まる通路にて
無垢な摩擦を信じ
両端の軸をあわせる

香らない花を咲かせ
　　儚い芯はたちまち腐爛し
　　　　はらはらと散らばる花弁をつかむ

（関係の容量をふさぐ）

せつないまでに
ふさわしい見取図をたずさえ
ここからなだれる幻想の片側の
私のいかがわしい属性は
なにを追いなにを問う？
きれぎれの律動を生みだし
薄れていく吐瀉物の
有機的な位相
取捨の方途

それゆえ共振する渦にからまり
　　捕らえたくちびるに接吻をする

まずは
おぼろげな
挑発にくぐもり

内壁の罅をなぞる
黙殺する部位を計り
振りむきながら
耳を閉ざし羽をつくろう
些細な充溢をもたらすまどろみをねがい
傍らのあなたのしずかな横顔をもとめ
したたかにあなたを所有する意義を演じて
かたい茎を折りきっと私は癒される
ゆらぐ重心にそなえた指先は
削除と挿入をくりかえし
こうして死者さえ裁断する
いわば無化への記録となって
とおく逸脱をしつらえ
白昼の彩度をみたす

つめたい反射を帯びた
　氷の破片はあふれ
　　きらきらとかがやく氷晶を紡ぐ

（根の浸透をたくす）

迂回をめぐるひそかな愉悦に幾多の視線がつきまとう

だからこそ
とりとめもない旅立ちを
なお休息と名づける

気紛れな祈り
さまざまな断片
風にさすらい
裏庭の柵がくずれる
露にあなたの背にむかい
おそらくあなたの影を知り
解体の注釈だけをただつらね
もうたどりつく場所はない
おさない両手をくだき
ひとまず消失を待つ？
みだらな因子をついやし

曖昧な極所をかくまい
淡い視界を抱懐する

おのずから半睡のにがい執着におもむいて

たとえ埋没する
不分明な物語であっても
それは投棄ではなく
ひとつの区切りの
必然がある

はてない空へ
結わえた糸へと

すべては変奏しつつながれる

あやうげな区分の光度

どこか
うす暗い
対話のあと
いまだ猥雑な
小石を積み
その隙間へ目を凝らし
夏至にほのめく孵化を請う

または放浪のための緩やかな辺境へと水平な橋をわたる

ふと
振りむく先の
親しい変形の器を
なぞりつつあふれる
しなやかな名残におぼれ
私は巣の軋みを聴く
うがたれる杭に

かき立てられた血痕のようなもの
これはあなたの皮膜の一部であって
蔓草の形をした悪意にからまり
密やかな痛覚をいつも抱えている
ふたたび重なる地層にしずみ
だれもが抗う密閉された室内の
おもおもしい縮図をやぶり
私たちはとおく儚い水の領域へむかう
醜悪な日録をぬりかえる恋情の放散にまぎれ
互いのもどかしい欠損を温めあいひとつの円環になじみ
たゆたう硲を追うごとく曖昧な束縛の網をいざなう
だからこそくちづけのさなかに小さな患部を抉り
なにかしら孕まれた異質な結晶を排斥するほど
ぎこちない物語はふくらみはじめ
すでに陥穽の由来は薄れている
ふぞろいな漂泊の足跡を示し
ふたりが受けとる蜜月を
平行な破線でかたどり
たどたどしい玩具の素姓に似て

私の猶予になつかしい腐敗が溶ける
悲しくつながる
淫蕩な機微もまた
違和におびえた両翼を
とりこむ気配に蠢く

まるで
さだめた事象は
拡散にそなえ
仮眠する
遊星を守る
ながい廊下の
強度である

愚かしい執着が十全な相関を阻んでいるのかもしれない

そしておぼろげに関わる情景の
中心でまじわる影は
いぶかしい転換をかざし

風化の尺度に問われる
いずれ失う愛しい季節の色彩を
未熟な手つきで黒くぬりこみ
けれどひろやかな岸辺において
私たちは覚えなく自由な空隙にいる
ひとときの音楽の藻にまみれ
あなたから反響するやさしい旋律をのぞみ
私は透明な裸体となって取りすがる触手を育む
微かな柵をこえる復路をあなたにまかせ
あわいみどりの余剰にひたり
剝奪にくぐもる煽情を
休息の甘い逸脱でまかなう
奔放にむさぼる嘴は
従順な指先を演じ
まろやかな
偽証すら
翻る
意味にたかまる

きっとゆたかにきらめく吃水線の裏側で
うもれた遺品の喘ぎは弾ける

はてない扉を設え
ただ惑いの結語として
おびただしい仮象の声が
私の内部を巡っていく
ぬくもりをもとめるころ
もしもあなたがとどかぬままの
わずかな通信に気づくのなら
にわかにすべては
途上でふるえる
感度を放ち
みずみずしい
告白に
応え
秘される

雨期に溺れるかすかな胚芽

そうして
交わりの後
儚い尾をひきずり
密室のような
淵をめぐり
かすかに
雨音を聴く
浮遊する半身の
半睡の夜の旋律
ほそい糸を結わえ
緩やかなぬかるみに転がり
変形の脚をかかえて
私はいっそう淫らな所与にたゆたう
なによりも穢していく淡い組成の
やさしいくちびるに逸れ
一枚ずつ濡れた鱗を剝がす
こわれた箱にひそむ魚となり

あらたな発芽を求める
臭気のただよう
自明の場所を
鏡の破片で充たし
よこしまな誤謬をかたどり
これは愚かな俘囚の記録であって
なおかたい産卵を待ちのぞむ
水底にかがやく星のかけら
あるいは要約できない燠の円環をまさぐり
あなたの美しい自慰を手元にひきよせ
混乱する窓の流露に応じて
私はなまなましい裸体をほどく
四月の戯画のひややかな藻の生気に横たわり
きっと参入するあなたのかなしい体温の
内側からこぼれるうすい吐息を
私の密度として
反照の経路をたどる
あなたの秩序にそった
繭が溺れはじめる

かろうじて
蕩児の手脚になだれ
霞の視界の明度を携え
選択することばの
露出の強度におののく
(私の腐敗はいつ蒸散する?)
さわやかな浜辺をあゆみ
潮の香りのなかで私たちは接合し
帰属するものなどないあらわな自由を堪能する
それらをすがすがしい風とともに忘却する
薄明の制約が私たちを染めていく
もうすべてが消えさる直前に
あなたを海に突き落とす
熱い痕跡のために
私と同じ腐爛の魚のために
いやあなたはすでに
腐爛の魚の
いたいたしい骨を曝している
許されたはずの

野性の波動によって
背負いこんだ殻を
砕く痛覚に泳いでいる
ときおり悲鳴にふるえる
この豊穣な水の世界で
私たちは晴れやかに膨張し収縮し
分かちがたい投企と脱出の
好ましい枠を装い
署名のない
ちいさな翼は
いずれ
遠ざかる
塵に紛れる

（『密約――オブリガート』二〇〇一年思潮社刊）

詩集〈揺籃期――メッザ・ヴォーチェ〉から

きららかな目覚めをもとめる過密な冬の

すでに
埋もれた
かたわらの皮膜をさぐり
薄ぐらい門をくぐって
ふかい距離にまよい
浮きあがる
混沌をさらう
照度の朝

（忘れかけた骨の残骸をむかえるとき）

（心細い零下の地に複眼の小鳥がうごめくことがある）

きれぎれの

離脱
または
ながい恋着の
無意識の操作によって
あなたへこの断層をさらす
溶けていく雪のような儚い高揚に漂い
どこか否定の錯辞をたずさえながら
浮腫をかさねて睦み合う生体の奇蹟をもとめ
こごえる軀にふさわしい濃密な接触へと
くずれた箱をいくども組み立て
あなたの背に寄りそう仕草の指先の
ありふれた疲労から隆起するものの視野をよぶ
針が蘇生し未熟な痛覚をかかえるほど
ひろやかな場の空隙をわたり
屈折の余剰の行為に
きっと届かない声がある
遺留品をむさぼる貪婪な眼差しで
おだやかに潜行する迷路を請い
やはり傷口は不安な菌につつまれ

ちぐはぐで親密な固執から逃れられずに
無造作に反転する情動はつかまえきれない
けれど鮮やかな出血をいまものぞみ
鮮やかであるならば色褪せた景色すら
はなやかな枯渇を分かつから
密度の機能を演じる日録の
あやうい起点がしずむ
みぎわの虹を
想ってみる

波打ち際で
あわい飛沫は
誤差の浪費をたたえている

（またしても焦慮のなかで不意の光源に惹かれ）

（懐かしく粗暴な吐息が巡る午後の胸のときめきを追う）

（つねに猥雑な半身）

（崖の散策がおずおずと白熱する）

なおもみえない
濃霧の手記の
わずかな
渦の
旋律を聴く

仮定での
部位の転写
ふくらむ異和の網をひろげ
いつか私はけだるい日暮れの加速をまとい
夜になじんだ憎悪の頻度をかぞえつつ
魚の鱗を剝ぐように
いっそう裸体を露出させ
やさしいあなたを体感するため
うつろな落下とその秩序との
晴れやかな段差にたたずみ互いの迷妄にまみれる

ただ肩にもたれただけの灯火にはなにも残らず
うすく瞼の裏を通りすぎる橋の射程であって
からまる私たちの雲の行方でもある
雑駁な棄却をともなう繭の罅
あるいは枝分かれの浸潤にそい
対話のない双子の企てを
まざまざと失策し
ふたたび遠い
夢に赴く

（退行をあらわす要約の絵にくぐもり）

（もろもろの招来に連動するたどたどしい書記の震えの
あたり）

（たわいない病理の日常がねじれ新たな拘束をいとなむ）

（ひとときの休息と名づける訝しい装飾を有し）

（凶暴な暗号？）　それとも）

《蝕のたやすい塵》

ひしめく冬の湿度にとどまり
火の抑揚にも似た歳月の
無用な記憶を
あしらって
爽やかな硬度は増し
そのようにして
しろい画布の
課題が
輝く

たゆたうことの
つややかな彩度をねがい

さえざえと星明かりに雪はきらめく
一面のここは砂漠だ

失われた熱度につるされ
およそうるわしい手段として
いくえもの文脈にひるがえる礫の萎縮に関わる
よるべない磁石を弄する屍の性愛につらなり
あなたとのあつい透過を患部がいざない
だからこそ冒瀆の方位をさだめ
ゆるやかな切断の澱を飲む
私の手頸をつかんだあなたの掌の
感触に溺れてさえ
中和のない免疫体の
ある種の怖れにまどい
抑圧の中軸を感じるまで
したたかな捕縛をつむいで
仮象の帰路の結び目は
こうして危機の
視線をもち
もっと奥へと
ひときわ

可逆の
襞にゆれ
蜜月を秘す

瓦解への晴れやかな夜の註記

その
夜の密度をもとめ
あるいはくらがりの
路地に親しみ
飼い馴らされた
煩悶を放ち
なだれる
呼気をたどる

（冬のはかない播種の思念の）

（ひと塊の形骸をくずし純潔な骨片を数えはじめる）

掌でとける雪の
あやうい記憶をにぎり
たとえば二月の冷気にたたずむ
希薄な赤子をゆさぶる仕草で
求愛をささえ横溢な視野はふくらみ
月の光を裸体にまとい変転する触感をのぞむ
茫漠とした空隙のここであなたと交わることの
負えない意味の裏の波動をよりふさわしく広げていき
私の半身がみちびくあなたの影の庇護にたゆたい
そうして高度をかきたてあなたの半身をも欲しつつ
足先は逃れられない鎖の重みにあえいでいて
貪欲ゆえのおろかしい徘徊をさらし
ひたすら異端の枷はふかまる
ふかまるほどにおぼれる愉悦の
むしろこれらの誘惑は
いつでも受粉の波紋にうずき
不可避の恋を寸断しては継続させ
患部をあわせた癒着の強度を試してみる

振幅のはげしい振り子をもてあそび
とぎれる水を怖れるように
猥雑な接合をいつくしみ
ひずみの余剰に応じ
なおも点と線との
不安な関わりを
つなげ供する

ちぎれるまでの
花芯の迷路
つねに壊れる
鏡の情実
映しだされた
偽装の腕は
私の瞳が決めている
相似ではない
視覚をたずさえ
養うものの像の移動を
きしきしと体温で感じていくのだ

（無為の四辺をあえて乱していぶかしい誕生を待ち）
（告白と告発のかさなる地点を）
（ともあれ砕けた貝の体積をもくろむ多大な負債にはにかむ）
（みえない紐）　補助線の苦痛）　いわば俯瞰？）
（どんな形容もかならず寒気をかくし）
（解答のない解答）　もしくはけだるく明快な）
《醜悪なこと》
いぶりだされる譜の違和の
音声がやけにひびいて
鼓膜がいたむ

うわずみばかりの
科白にかこまれ
攪乱された
倫理をみつめ
漫然としたこの疲労は
ないものをめぐる
すでに仮想の錆
それだから
縁取りのため
外観だけが撒かれていて

やがて
なにかに加担し
なにかを捨て去る
不明な擬態を営んで
幼年期の斜視に鋳られる
いつまでも地平の果てをかかげ
無力な役割を演じられるところまで
かすかに感じる律動にうながされ

あなたの背へとあゆんでいく
彼岸に適した秘匿の眩暈を
風化の手前で分かちあっても
きっとすべては忘却の
にぶい灰に
焦がれている

(ひそかに置きかわる塩と砂糖の味覚をたくわえ)

(安住のない約束事に追われどこまでも坂をころがる)

(やはり過失) 過剰) 過渡) 罪過)

(玩具であることの緻密な悦びおよび不確定な表象にひ
たりながら)

(親密ゆえの……)

やすらぎをさがし

埋もれた鍵をさぐる
もっとも困難な
湿度の奥行き
あらゆる扉
氷をふみしめ
かたくなな悲鳴に
陶然とする
足裏の
飛躍
ものうい
遊泳となる

颪にまかれ
しろい息の形が
あわく消え入るとき

（零下の書記）

（もつれは精算されないゆたかな萎縮にかたどられる）

あいまいに綴じられた
書物の内部をたずね
まもるべき導線にからまり
私はただ知りえぬ火照りを抱えている
いまだ闇にほのめく灯りをねがって
あなたの無防備な回路にただよい
つたなく密接にささやく私のくちびるをあなたは奪う
たがいの横臥を匿名性のみずみずしい所作として
慰撫と畏怖の熟する場所へとながれるように
いつのまにか遠ざかる憧憬の残骸と化し
行き場のない淫蕩な粒子の波立ちは
頸部から恥部への小さな円環の
漂泊の無垢な均衡である
気紛れな稜線をえがき
しきりに愛撫を乞い
あなたの空費に
すがるにせよ
もはや

注釈のいらない
愛しい凶器は
滑落のなかに棲み
苛まれた単色の
挿絵をそえ
変換ばかりの
指のまなざしを咬んだあと
充血を
拭い
おのずと
秘めやかな
余韻にまみれる

（『揺籃期――メッザ・ヴォーチェ』二〇〇二年思潮社刊）

詩集〈彩管譜――コンチェルティーノ〉から

翔

半月の日
硬骨がふるえ
ようやく受胎がはじまる
辺境の出来事のささやかな触手にうもれ
この徘徊はつねに背後に耳を感じて
遠く近く密約をのぞむ
追跡と追認
それから
不安な接吻へと
裸体から剥落して
透過する襞のほうへ
指先がうごめく
地衣類の感触のひろまりの
もしくは垂直な落下の雨粒であり

結実しない関係のあまりに恋の行方
奔放で未完了なななまなましい跛行となり
そのようにあえて
石をくだいて
小虫が飛ぶ

憬

だから
窓をあける
おだやかな体温の
見慣れない茎のそよぎ
憧憬はつねに外にあってゆらいでいて
ふわふわと残酷な漂泊めいた雲のように
盲目の爪先で感じる
これは幼年の
疑わしい骨
窓辺と水辺が混乱し

ならば氾濫する芽をもとめる
ほとんど遠い時空へと植物は眠りながら伸びていき
眠ることで穢れることから逃れる術を知っていて
そっとしずかにおそらくは
浸潤する物語をのぞんでいる
素姓のない分泌物
果てない枢の
行方すら

仄

とおく
ほのかな月
手の届かない新芽の
あたらしい息吹を請い
そしてふらふらと砂の比喩に埋まる
足許からのあつい熱
ここはつめたい指

動脈はまるで
眼の炎症だけに走る
しきりに充血をなぞり
いままた無防備な裸体を注ぎ
不定形な乳白色の夢にからまり
受粉のまえの花粉のように
ささやかな風をのぞんで
扉をしめ窓をあけ
おそらく灰の
機微となる

腔

あの
眼裏に
種子がちらばる
季節ごとに変わりゆく空の星の
秘めやかな囁きをふくらませ

すでに体腔を充たす叫び
豊穣な滑落のときめきかもしれない
遅滞の層をかさね
つよい熱度の
堆肥にまみれ
ふたたびあける
扉のように
苦くあまい蜜をひろげ
さすらう影に寄りそいつつ
おだやかなほど長い通路である
ひさしく点景を配し
吊るされたまま
なおもゆらぐ芽

薫

囁きはいつもあまく耳朶をくすぐる
このようにして閉じこめられた

あわい室内の寒流と暖流
よせてはかえす
波にたゆたい
むしろ
妄想の芽をあたため
放たれる肉体でありたい
希薄で濃密な微分の所作を
ゆるゆるとくぐり
滞っていく均衡がある
おそらくは異物をうべなう官能なのだろう
紫斑のように発展する種子を呈し
関節を外しもどして
封印する
はるかな再生
戯画の液体
溶けるほどに
いま

恍

粉雪のような花びらが舞うとき
ゆるやかに交差する
風の寛容を訪う
握りしめた花片のくずれは
すでに朽ちたものの片肺
倦怠の底に仮寓し
いたずらに膨らんで
いつも零度の性器をかたどる
ただしくは幼年の喪失期の
ささやかな遺骸をかさね
きっと単純な非在
追悼のための陥穽なのかもしれない
もしも骨のやさしい感受があるのなら
しろくあたたかい内乱に耽溺し
摩擦音だけをかたかたと
かたかたとひびかせ
喩の恍惚へと

もたれる
草のみどり
萌える

隘

それは
消えた扉
あわただしく崩壊した影の家
支配するのは不分明な瓦礫であって
夜ごと廃材がうごめきだす
ふわふわと乱雑な
幼児の叫びのように
愛玩物はめぐる
いくつもの墓石をなぞる
これら変形の骸をあそぶことの退行を
養分とする地の流儀の
はかない夏そして冬
酷薄さえ目論みのうちにあり
いつからか周密な
いっそう渇く
この密室の空隙で
はかなく小鳥が飛ぶ
未開のたぐいの思慕の円環
ふくらみちぢまりへこみゆがんで
さらにふくらむ希求はめぐり
裸体をなお脱ぎそしてかぐわしい余白に焦がれる
とどかない封書のなかの無数の感情に焚かれ
火の感染をねがい
灰かな貝を割り
快楽しかないではないか
足頸をにぎる掌の握力にまかせ
果肉をたくす眼裏は懐かしい

ひそやかな書物と化し
撒かれた羽ばたきは葬列の
母音のような星座をかたどり
そこにまみれて
欲情する

媒

ひときわ
路上の感度
ひらひらとよじれる不透明な茎をたばね
彼岸の樹海へとうつりゆく妄想は許されていた
より傍らのやさしい慰撫を触媒として
主語のない波動にしたたしみ
ふたたび激しく
過敏な気圧の
縁のところ
碑の火のゆらめき

いっそうもとめ
抱かれることの陶酔を
見えない手および幻惑の
なだらかな生気に投じ
内耳から内耳への
官能だけを追い
いまなお
湿性の
羽虫である

湧

もしも
夜気にまぎれ
ひたすらな抱擁を求めても
ここでは焦がれる水は流れる
残照の仄かな熱度にあぶられた魚の遊戯のように
そうしてうっとりと唇を差しだす欲情の奥のほうへ

めぐっていく視線または境界のきわの線から
地下水が湧くのだ
ふたたびさらす
胸部の傷は
蜜の味の
すでに変形である
くるくると渦に巻かれて
あれは羽音
聖なる
危機さえ
いくらでも置換される
ふさわしく華やぎ
だから溺れる
喉が
ざわめく

痩

まして
痩せた野になにをもとめる
茫洋としたこの地上の薄暗い苗のごとく
ただささわさわと没入し四散する息と息にまぎれ
たあいなく目覚めずに
消える記憶を
くりかえす
もしくは
反復し作りかえ
外郭をひろげる舌の根
秘匿の積荷がこのようにあばかれるとき
単純にごく単純に
割れた卵の
黄身の腐乱に
かこまれるだけ
曇天の下

季

たとえば
ひそやかな間隙に落ち
日蝕の熱度をはかる
にわかにざわめく胸元の汗のごとく
ありふれた球体のそれら差異のごとく
地下と地上はすでに同質であり
人型の影は消える
くらい季節
もしくは巣の
剝がれた音楽の
曲線の夢
したたかに変形する患部の疼きはやがて
繙かれることをねがう不貞の耳鳴りのように
そのようにして流動する意味
または裸身の文字
まして馴染めない風
届くことはない

素足の傷を
涼やかに
抱える

漂

ゆるゆると水の流れにまかせ
たとえば胸元のいぶかしい疼きをひらく
放たれるままなだれていく
この危惧の一端の
私語?
それとも
溺者の弛緩
そんな果実を握りしめ
飛沫の際のほう
なぜか空洞は隠され
雑草をかきわける
いわば脱落はまたとない逃亡であり

帰還のない流域のあてどない漂泊こそ
投棄と廃棄のありふれた掌の慄き
散逸させた紙の軽み
かつての
鳥の頸

癒

きっと
夜
あわい吐息の遭遇である
未知と既知をなめらかに撚りあわせ
そして縛られる影へと癒着することの悦楽を乞うている
あまく儚い接吻をいつも素朴にねがっていて
瞬時にふれたあの高度へと
上昇する
ために封印する
わがままな
掟のよう
兆候はすでに
緩慢な寝返りを欠き
反転して反転して
晴れやかな
抑圧
秘匿から
なおも
無数の火

解

そうして
あの朝をむかえ
未分化の蝶のまま
ひりひりと点景へ帰す
開かれたはずの窓の過渡期の情景から
接ぎ木のない補足のねじれ

おおよそ邪悪な手紙のように
不安な霧をおもい
空をみつめる
ひとしきり
粒立つ欲動をやどし
有機的な偏愛にささえられ
または片恋のつよい隘路に佇み
まなざしとまなざしが絡まりあえば
ここではすべてがほぐれていき
やがてひろがる銀河のごとく
神秘の果てのほう
ゆるやかに
安らぐ

（『彩管譜――コンチェルティーノ』二〇〇四年思潮社刊）

詩集〈睡濫〉から

さざめき、漂流へと秘めやかに熱度は縺れる

たとえば
朝の
うすい
空隙に巻かれ
ゆらゆらとまどう
鳥の爪先の機微に焦がれる
気まぐれで不安な小枝のごとく
揺動の小さな橋をめぐり
ふぞろいな指と手と足
それらを並べてあなたに渡す
つかのま安寧を求めることの欠損を
みずみずしい未知の回帰と名づけていて
私のくちびるをあなたの耳朶に近づけ
きっとここではなにもかも許される

とおい果てを見つめている
互いの差異は差異のまま
羽をからめて
ふくらむ飛行に
夢をこめる
まばゆい
追放の気化のなか
廃材のほのかな熱度で
放たれた憧憬のよう
糸と糸が
縺れていく

どこかしら
ちがう冬
雨に
打たれ
夏の書記を思ってみる
地はいつも馴染まない籠
砂の渇きに埋もれていって

予感どおりの生育の
発芽のくらやみ
もしくは企み
ふるふると
像は分かたれ
分身を乞い
影をかさねて
少しだけやすらぐ
そうしてずれた目盛りのほうへ
私性の茎は伸びていき
すでに届かない気流である
おそらくは点と線を
相応に繋げるから
高まり低まる
炎症に似て
にじんだあと
必ず
旋律は
はぐれる

体液とともにながれ、
あたかも意志的な行為、その前後、
たどたどしい頸部の俯瞰を生け捕りにするさいの息ぎれ
　に喘いでいて、
なにより網膜の傾斜、経路、形成された箱の庭を、
歩みながら、くぐりながら、水をほしがり、
ましてふさわしく浄められ、
穢された祈りがあって、
破線の誤読、裏と表、運動、乖離、
変わらない器ならば、

ただ増殖する

ひろがる
草の
群れを
眺め
だからこそ
風景が遠ざかる
この振幅のひそやかな疼痛から
培養される植物はかたく
残酷なみどりのたぐい
おそらくは交わって
修辞の意味を
探りはじめ
あえて
光を
仮想するのだ

あかるい
場所の
扉を
たたき
かすかな
風に煽られる
ゆらぐ葉のきしみ
絆なのかもしれない
けっして結ばれはしない
主語と述語の変転の
やさしい勾配
ときには抱えて
子供の遊びが
うるわしい
なおざわめきを穿ち
あわく鏡に触れていく
音域と音域の
零の投下で
愛でることならできるのだろうか

いずれは消えさる波の視界の
一瞬のきらめき
汚辱のない
因子を食んで
うっとりと
はなやぐ
遺物の
肉体と化す

兆候は地平にかくされ、

浮き上がっては沈んでいく、季節、系譜、光芒の、

骨、きしきしと抹消のためのしどけない装置はうごめき、

空の脳裏へいわば晴れやかな救済を止めどなく問うている のだ

平穏で無意味、不慣れな悲喜劇ばかり、そんな症例から、

なまなましく生まれでる夜の赤子、さわがしく、
じりじりと爆ぜ、隆起し、衰弱する
つまり亡霊の虚無、局所の休息、
ことごとくどこかへ、

素足をまかなう、

投身の森

それは
生理的な
内臓の
呟き
暗号をたずさえ
通信を望んでいる

奔放で自堕落な筆跡が
鋲をかたどり
固定された
軀の愉楽
そのような欲望
原則はつねに破られ
いっそうみだれる
記述に漂う

さながら
不意の
蛹の昂揚
白昼にあってもくらく
ふわふわと閉じられゆらめき
なやましく思慕をはぐくみ
どれほどの危機
湛えるほど
そんな邪恋の
仕草をみちびき

いまも
針の
殺意に属する

ひどく親密な行為として、
有機物の表皮をはがす手つき、手ざわり、手の汗の、
息苦しい事柄がひそんでいるそれら可燃性の木をなぞる
けれども疑心を伝える生体から弱々しい核は散らばり、
分割と審判、分配と脱落、分散と放逸、
あからさまに混線するけだるい日没がある
剥落の比喩、綴じられた方位の、
追想へと、

せめて密度は……

もし
つややかな
藻屑をねがい
ひろい海辺で朝焼けを追うのなら
またも蛇行の足跡だけ残される
くるぶしの羞恥と
語意の棲息をかたり
いとわしい異郷にそむき
いや裸体をもてあます過剰な帰還なのだ
あなたのやわらかな掌を待ちあぐね
私はすがすがしい濃霧の彩度を集めさいなみ
ひとしきり酷薄な自慰のくちぶりで恋情を刻んでいって
あの密室のゆかしい湿度に溺れることのさざめきを
微分する指先から濡れた魚が泳いでいく
あなたに絡まるもどかしい魚の鱗が
無数にかがやく猶予のような

私の脊髄のあたり
片肺をゆだね
瞼をゆだね
あなたの
舌先の
感触に溶けていく
もっとも異端の情愛である
だから孵化から孵化への
紐を織りなし
私を縛る静脈の
共振にまみれてさえ
いまだ悦楽をかきたて
ふかぶかと塵になるまで
狂おしい囁きの水の草を握っている
いくつもの刻印を忌み
いくつもの欲情をあたため
あてどない花火として
ささやかに偏在する
受粉の待機を

選ぶ両手を
捧げることの
愉悦にくだかれ
なおも
ひらひらと
浮遊する
蝶の
面差しが
溢れ
仄めく

初夏、その他の辺地

そんなにも
痛切な
この
一瞬の
きらめき

木漏れ日にまどい
じりじりと焼かれる指をからめ
ひときわにぶい歩行のなか
森の湿度を開いていく
あつく萌えでる芽を銜えた鳥の仕草で
あなたの眼裏にとどまるための微細なくちびるのうごき
けれど語ることのできない彼岸と此岸の孤児の転位を
うやうやしい脱臼として私の血がさわぎ
すなわち隆起する細枝である
晴れやかな水のうるおいをもとめ
あなたの堅固な背をなぞるほど
なまあたたかい言葉を発し
形容するなにかを欲し
拡散する意味の奔放にくぐもり
爆ぜた夢をいっそう剝きだす半睡の
おそらくは液状の野をめぐり
気まぐれなゆらめき
終わらない
混濁に

佇む

照返しは
ひどくきつい
くりかえす
削除と挿入の
谷間をへだてた緩慢な
そのときどきの猶予
たやすく崩れる
柵を摑んで
抱えきれない
棘の虚数が放心する
ゆえに散らばる骨のよう
なおもみだらに
きしきしと
時空を
遊び

屋内と屋外、内部と外部、

空隙はせまくどこまでも広がっていく
だから壊れる物ほど自在な容器といえるのかもしれない
枝を折り、紙をやぶり、亀裂から亀裂へと渡っていって、
いくどめかの失語、失踪、失望、失地、ふたたび手招き、
ふるえる足先の軟体動物のもくろみ
孵化をのぞむ

限りなく
断片を
さしだす掌の
不用意な
高揚に
螺旋の灰がたまっていく

交通の一方的な
路地のごとく
旋律はことごとく
耳をもつ人が支配して
どこかしらずれる文字の
痕跡だけが残される
反転するかもしれない
これらの書簡をたずさえ
いまも葛藤する領野において
過剰な私を浸透させて
ふさわしく
結び目をほどき
子供の属性は
単独の火花となる

それから
束の間
安らぐのだ
あなたの影と

ゆるゆると眠りはじめ
おだやかに愉楽をともにし
ひたすら喘ぎを交換する
もしくはうつろぐ輝きを追いつめて
遠近感のない生成のにぎわい
おぼろげな脈絡にそい
まるで従順な退行の
外皮ははがれ
予後の光景
たがいの
局所が
変質していく

ひそやかな殺意をふくみ、

あらかじめ不明な位置で無機物の声をあげたい

いや、あらかじめ明瞭な場所で有機物の叫びをあげたい

複式、複線、複合、複壁のたぐいから、

いつからかなだれていく金属と植物の新しい関係を思っ
　てみる

つめたくたくましいそれらを通過し、睥睨し、混同し、

それぞれの症例をかさね蠢くものの養分をさぐる

区分けのない還元、ここ、そこ、あそこ、

草のざわめき、細部の未知、

相関は行なわれる

過日の
ながい夜
いつまでも
危惧をもたらす

関知しない蒸溜器
行間のゆがみ
燻りはつねに変形の谺をよび
囲いこまれる
浸食する
たちのぼる
損傷に
笑う
わらわらと
曖昧なままに
なしくずしの分岐点
後退りの親密さで
ほとんどすべてを忘却する

つまり
空へ
青い砦へ
私も例外なく
豊饒ですがすがしい空へと

飛んでいく羽をつくる

ささやかで
鮮やかな
躍動の
薄片
問うように握りしめて

ところどころの擦り傷をみつめ、

治癒のない患部が膨らむ慌しい日常の体温を計りつつ、

なすべきことのない盲人の午後を送っていた昨日、今日、

くるぶしは不可解な化合物の地平にあって、

不幸で幸福なひとつの語の意義を乞う

振り子および裏切りのあてどない熱情をそそぎ、

白紙、あやうい光沢がある

弓なりの
落剝
初夏の腐乱の
ゆるやかな接近
止めどなくふかまる恋情に浄められ
破裂しない球形の月をはらむ胸をさらす
あらあらしい偏愛の断章をあなたにささやき
私はあまやかに凍結する根の下のひとしずくの水滴
たとえば異和と親和が入りまじる星座をながめて
あなたに寄りそうことの挑発と休息にしずみ
肌と肌をあわせ解体する皮膜の濃度は
ただ妄想ゆえに訪え
解消されない健全な一枚の
うすく残酷な皮膚の存在
障壁をかたどる他者の機微
ふれえない深奥の

蜃気楼のあたり
きわときわとの摩擦をあゆみ
やがて幻聴が聞こえてくる
たどりつけない方角から
足音の気配はきざし
襞の熱度の刻印の
いっさいの分身にて
いくつもの美しい寓意をねがい
こんな視界の思慕のありかで
焚かれていく貝と果肉
むしろ判読できない
執着を解き放し
だからこそ
すでに豊かな
夜明けをさすらい
さらに未踏の
かすかな
喪失を
負う

冬の櫂への果てない輝度

やはり
颪に流れる
雪の系譜
ただようことの
寄る辺なさに
ひらひらと逍遙する
よわよわしい綾を織り
つかのま豊潤な空隙にひたる
地をはなれた不安な肉塊の
わがままな推移にそい
まるで儀式のように射程をさだめ
つたない指先があなたの背にすがっている
おそらくは拘束のない器をかたどる小さな迷路の
萎縮しひろがる甚だしい異和にひとしく
不可解なこの蛇行をあなたに強い
けれどもなぜか私のほうが
引きずられる細い描線の

決定的な振幅に取巻かれる
未生の舌をここでさらす
儚い挿話をなおかさね
蒔かれた種子はそのままに
いやあらがいの証左となるほど
妖しい発芽を望んでいて
むしろひたすら
齟齬に
からまる

さまざまな
ざわめきから
ふり落とされる微かなもの
真意はかくれて
到来する非在のなかで
くすぶるだけの燠と化し
どこか平たい私がいる
ひさしく自明の
囲いをはかり

すこしの喘ぎと
不可思議な閉塞感
混乱する鏡のくもりは
檻と枷また避難所を知らしめて
穏やかなはずの輪がちぢまり
たわいなくみずみずしく
残酷な仕草を生み
冬には頸を絞めてくる
ひどく深まる痛覚だから
はらはらと散らばる
灰の予兆の血の密度に
あらたな思慕を
加えていき
それゆえ恋と
名づけ
盲る

せわしなく断線する通信ばかりの、

なまなましい有機物のただし消え去る声だとしても、
もろもろの否定と肯定を回復させる営みの裏と表がけた
　たましく混じっていく

接続しない静脈の零の地点、緯度と高度の、

泡立ち、粒立ち、それら全景、

あまやかにすみずみまで、

だれが宿す？

拡大する
細部のひずみ
木の根の強度をほしがって

底の
底

水の浸潤が
暗示をかたり

だからこそ
浄化のために
あなたへと妄想をいだくのだ

たやすく
壊れる
境界さながら
素姓のない
不具の姿を
緩慢に進ませる
たとえば
南下する鳥の
しなやかな羽をなぞり
行き先をみつめる眼差しから
果てない未知へのすがすがしい照度を浴び
無化をおもう

嘴は窓をたたき
あてどない放浪すら
晴れやかな骨格を
いずれは育み
そうして摂理の
仄めくきわで
たたずむときを
迎えていく

幼年期の衝動で、

ふらふらと空洞を埋める作業のいとわしい習慣にならさ
れていた

これらわずかな内乱、反乱、ゆえの反動、

反語的な融合なのだろう

ましてゆるやかな溺死をねがい、

半分は死者、半分は生者、いくえもの行為を、
殆ど剝き出しにし末期を信じる限定された友を追いつめ、
いまだ補足に従事する、事後、予後、背後、

ふと、とどまる

ともあれ
孤児の心音
ひととおり泣いてみなければなるまい

空を
見あげ
かがやく寒気の
旋律に耳を澄ます
ひややかに
貪婪に

受粉のごとく
氷晶を膨らませ
零下のもと
植物はねむる
したたかな静寂を
こうして
呼んで
覆われる罪
その吸気

もしも
あのとき
叫びをあげれば

もろくあやうい記号を弄し、

いつまでもふさわしい円に応じてきりきりと鎖を巻く

ひとつかみの語彙に滅びる疑わしさと猥雑さと、

つまりは掘り起こした負債におびえいぶかしい徘徊にう
　すまっていく

過剰な遊び、はばかることのない塵の方途、気配がして、

沸点、中点、交点、それぞれの起点、

炎症が熟すのだ

いとしく
不明な
言語である

磁力にまかせ
なだらかな坂をくだり
いつか横断と中断の
機微はまじわる
あなたのやさしい補助をさぐって

極度に過敏なまなざしへと私は裸体の書簡にまぎれ
あからさまな情愛をしめし依存する肌の湿度に
あくまでこだわる擬態の蛹を握っている
あなたの私性に属するところ
特異な触手の熱と渇きに
花弁はひらき
それからとじて
変動する問いの地盤の
光景がゆらいでいる
投与の愉楽の持続さえ
波の寛容にゆだね
なにより誘われ
分かたれる息吹の
放散する歩みはとうに行為ではなく
ただ脱出と脱落の交差を引きだすだけである
あまりにとおい律動へ今日も軀を合わせていき
悲哀みたいな私の独語は完結する
破れ目から破れ目へと
抑留の裂けをつなぎ

きっと異郷の安息にためらい
過渡期の孤立になやむのだ
あわただしい修復を装い
けれどもそれはあなたへおよぶ
かぎりのない迂回路の
好機のようでもある
危険な賭けが潜んでいる
贅沢で脆弱な転倒の
こうした離島の症例すらも
ふさわしく密閉された
相聞の図式となり
夢はせつない
幻想が肥大する
子供の特権がせめぎあう
不備な卵を
いくども割り
そもそも領野の
解体を要していて
やがてすべてが
不足ない標的の
物質として
急所の
ほてりのさき
きららかな
発火を
仕立てる

放散のための蝕と蜜と

これは
地の
かすかな蠢き
あてどない
衝動から
生まれでるものの声を
じりじりとさがしあぐね
未生の裸体があなたの鼓膜へ歩んでいく

やはり風に巻かれる足許のあやうい仕草で
すがすがしい薄明からきわやかな失踪を乞い
鍵の発生と発情をしたたかに呼びいれて
いわば果てない夢をあなたの背に刻みたい
見えないように後ろの火花を
はなつ私が燻って
だとすれば熱度の褥
むかえるための
破線の旋律
とおい深部へ
蔦の性癖をふくらませ
耳朶と耳朶をかさねるところ
爪先から爪痕への変転を結わえていき
なにもなげくことはない
ほそい糸の絡まりは
いっそう
つよく
猥雑になる

飛べない
鳥の
疾病を
燃されるだけの
暗示と名づけ
密室の夜がゆらめく
季節のない
明かりのもと
間欠的な
恋の行方を
なおも求める羽ばたきの
ちいさな祈りは弧をえがき
ここからいったいどこにいくのか
不明なままの彼岸になじんで
もうろうと茎を束ねる
すでに芥の体積の
そんなにも
なつかしい影
ひとときの惑溺こそ

小骨を組みかえ
きしきしと
高度に
ざわめく
肺の救済がある

おだやかな日差しをまねき、
もしくは沼にうつる半月のしなやかな明度に埋もれ、
素手でつかむ気配、景色、うつりゆく岐路と岐路との、
濃厚で濃密、けれど儚く弱々しい網の目？　底の視界？
晴れやかな脱皮となるのかもしれない
横たわり、屹立し、おそらくは眠っていて、
そのようにあまく蕾は朽ち、

網膜に滲む

この角度
きっと
曲がった微分の形
それさえすべて掲げていき
愚かであっても
みずみずしい
孵化を待つ
そうして
過日の
まぼろしを
露にこたえる朝の葉の
おごそかなふるえとして
ひとすじのあわい光をたどるのだ
ふいの泉の交感に没するまでの臓の動作を
空に手渡し
一方的な通達

あるいは
薄氷の
鎛を綴じ
溶けるあたり
思慕がまじわる

芽の
息吹き
根の叙述
ながくみじかい白昼に
つたなく樹木はたたずんで
幹の翳りがわずかに危惧を抱えこむ
緊密なこれら湿度のささくれに
壊死する指先
受動と能動
近寄れば傾きかける枝の気息の放物線は
降りしきる雨にながされ
とどこおるほど
灰の土壌を

凝らし
まぎれて
濃霧を誘い
けだるい
種子は
育まれる

ころがること
可燃性の
因子となり
陽をねがい火を澱ませる
いまだ親密な肉片をからめるだけの
それだけの我執をさらして
あなたが吸湿する
体液にまみれる野の
音域を
ふわふわと
さすらいつつ

まぶしく訝しい夜明けの縮図で、
もはや爽やかな遠景にすがっているのだ
かたすみの路地をくぐり、あらたな産道、傾斜にしたがい、
発光、発症、発熱、発覚、しばらくは発育の？
接近と接触、刹那的な、恒久的な、
手と手、目と目、頬と頬、やすらぎをさぐっていて、
いつのまにか穏やかに脱落をたたんでいく森の奥地に入っていき、
かすんだ断崖に乳幼児が立っている
投降する叫びさえ誕生のよう、

所有する弦、微細なひびき、手狭な帰属、
捕獲するのだ
ささやかな受胎の慰藉を、
鉱脈は……
雪が
消える
束の間の
泥土をみたし
きらめくものは饐えていく
積みあげた手記の腐乱をとりわけ南に放散し
こごえた軀をこうして閉じて
たあいなく鎖がはずれ
ともあれ縁の変質へ
配されるまで

秘めやかに
処する
夜気
ときおり微風の
ぬくもりを感じていく
単独であることの蜜の窓から
うるわしい残照のあの気配
ひたすらあつめて
蛹の擬態は
完結する
はげしくゆるやかな坂をくだり
半透明な種族のおとずれを
かろうじて蕩尽する砦の
地形図
翻り
はらはらと
あわただしく
未熟という語で
隠される

脆く
鋳られた
青い器
ひいては繕う定点に
黙するさいの傷を合わせ
生動する
偏愛
ただ高鳴りが
切り株をめぐっている

ほのかな羽音はしだいにうねり、
飛沫の生気、ぎこちない海図をたずさえ、
掘られ、放たれ、遠ざかり、見失って、
あらかじめ谺の落下にひろやかな航海を望んでいたのだ

浅瀬、深海、波打ち際、何もかも事後の水位に任されて、
凪いでいる？　そよいでいる？　足掻いている？
さざ波に浮かぶ花頸、裏の花芯、黙劇、笑劇、悲喜劇の、
泡と泡、つめたくあつい、水と水、
ゆえに溺者の感慨、

氾濫する

ならば
すずやかに
隔離され
そこで甲羅をほぐしていく
なまめく襞の午前と午後
にわかになだれる往還のほんの一部の虹に添い
あらあらしく患部をひろげやがては危機を弔うため

あなたの胸にすべりこむ私の胸のときめきは
水脈と水脈をつなげる享楽にくるまれる
くちづけのあとの逃亡の雲のように
ふわふわと昂揚するくるぶしをしめし
つかまれた足頸からただよう波動に殉じて
なぜかひそやかな水死に焦がれ
ひとひらの脱色された花弁の
寄る辺ない輝きに縺れる
狂おしく星をながめる
つぎに喉を差しだし
失墜することの波紋の兆し
このような欲望を贖いながら
紙の受粉の描線に変色していく箱の内側
だからこそ遠近感のない岩場で蜜腺を括っている
あなたの掌がおさない雛のやわらかな羽毛をかたどり
ひとしきりあたたまる足先の
知りえない潮の軸に
このうえなく
つかえ

すなどり
私は零の球体を
不安ごと握りしめる
一瞬のはなやぎばかりを
どうしても追いつめて
過剰についやす意味と無意味
いずれは捨てられ
臆病な小動物の
結語ゆえの
ひどく
微小な針
まざまざと散らばって
たとえ廃棄の形体に
切なく情愛をこめていても
告発の相関の帯域にいる
なまなましい絆である
病理と生理の
胞子が飛び
ひときわ

淫らな
呼気を発して
それら盲信を伝え
蜃気楼のゆたかな輪のなか
澄んでいく
炎にあやされ
待ちわびた侵蝕の
ごくつややかな軋み
逆光と逆光とが
中空で応答し
しばしば幻聴の
永遠の
親愛にて
いっさいの連結へ
壊れるまで
あふれる汗を
嚥下し
加え
脈の速度は

いつか
途切れる

（『睡濫』二〇〇四年思潮社刊）

詩集〈不完全協和音――コンソナーンツァ・インペルフェット〉から

儚いもののあでやかな輝度をもとめて

果てへのはじまりあるいは晶度を

ふるえる
鳥が見えた
真夜中のささめきの
つよく淡いひとすじの光に応じ
ただもうろうと枷が外れて
ひそやかに流れだすもの
無意識に追従し
いや接吻のための軌跡をえがく行いであるからこそ
分かたれた火の磁力の一方を選んでいく
ただしい熱度をたたえた砂の感触をおもい
ここはいつも親密で小さな俯瞰の場の音源の

ささやかな惑いまたは晴れやかな徒労を呈して
けれどもあなたをどことなく感じながら
私は侵蝕されている
分散も分解も
包まれゆらめく
この彼方の七月の
未知をたばね投降する昼
透明な硝子のおごそかな輝きを
そっといだいて救われたい
聖なる蕊をみだらに織りあげ
誘いあう星と星との静脈を重ねていき
つまりきららかな拠りどころとして
惑溺するのだ
片面だけの
余剰がふくらみ
あれは儚い情愛の
とても微細な陥没である
なまなましく乱雑な告発に属することの嫌悪をなめし
秘めやかにひらかれる花片の地平をなぞってみて

かならずふさわしい擬装と葛藤にまみれ
邪悪な影をひきずるほどに
氷と水の湿度と鮮度
私の脚がもとめている
奇妙な嬰児の叫びを断ち
だから自由に扉をあけ
あらたな渦になびく指先
もしくはあなたの脳髄のやさしい襞に入りこみ
ひりひりとひろやかに素手を富ませ飛翔して
そこからはじまる空隙はかつての杭の受粉
ふたたび浸されるのだろう
ならば錆びる前の鍵を渡して
特定されないまま形骸化すること
結語のない小骨にほてり
溜め息の野の煩悶を
なおもあそんで
あたかも月の頸部
新芽の血潮が
未熟に

熟す

なおも狂れゆく塵の漂泊

むしろ未熟な小魚のあそびのよう
ぎこちなく偏愛を待ちのぞみ
いつまでも遊泳する行間の
奥のぬるい水
白い根を捕まえて
触れることの高揚を
あえてあなたと確かめたい
砂のうえでひりひりと日差しを浴び
そこは生み出されたものが消え再び生まれ始める律動の
柔らかな地に目覚めてさえ未だ目覚めない足頸のきしみ
不定なまま揺らぐだけの蛹のかすかな毒を吐き出し
けれどもすがすがしい音の鳴る方へ
身を寄せたがる私がいる
こんなにもわからない

帰路と隘路と航路の枠組み
惑わせるための空の采配なのだろうか
いくつもの罅をつないで損傷する壁をなぞって
課されたものの重みにあえぐ曖昧な幼年期を
ひたすらさらして尺度をもとめ
雲をながめて嘆息する
流れていければ鳥になれる
とおい溺者の夢へとうつろい
浮かんで沈んで浮かんで沈んで
なお骨だけが平たくなり
きっとことごとく無残な肺の
ここは愚かしく華やいだ臨終の祭儀の場
むらさきの野の素朴な匂いがあわただしく
違和の枷をも隠していく
知らずにすめば煙になれる
植物のさやさやとした裏切りの
ささやかなささやきにささめく穂を
疑心暗鬼に刈り取って
空腹を充たす

柩を増やし
またほ並べる
しどけない斜視にためらう初夏のため
つぎつぎと中空を食む臆病な動詞をあつめ
動いていても動いていない生態にたわんでいき
それはなめらかな弧をえがく手指とおなじに
過敏な枝を折っていく
風速も風力も
無関係な陰影の
ずれた声が巡りひびいて
だからいつも怖れているのだ
かさぶたを何度も剝がして出血させ
そのような決算が似つかわしくない花になりたい
花片と花片が半濁にかさなりあい
あまやかに習作を続けていって
硝子のかがやきに咲く言葉
幻覚の庭である
日常の
これは内耳

ふるえる旋律に息をかけ
接吻の様態でふと眠り
あてない寝床は
濡れた草の
体温に
満たされる
気づかぬところで明日が終わり
にわかに凍える巣が見えて
みずみずしい鉱脈をだからこそ探っていき
そこから息づく胸と喉のあたたかな絵筆をにぎり
こうして私はあなたの肩の横のあたりに立っている
剝奪しあい贈与しあい跛行しあい蒸散しあう尾の裏の
しめやかな森をつくって
埋もれていくのだ
ふたりで
いやひとりで
もしくは複数の
影をたばね
このように

撚った糸
炎える

ただゆるやかに夜の記録は波立つ

どこか
ほのめく
夜の水面を
なつかしい仮眠の場として
とどこおった小川の尺度がいつのまにか成育する
不可解な小動物の感覚と触覚または好悪がふくらみ
すでに逃げ場のない空隙をみずからつくり
もがいているあがいているあえいでいる
自覚なく呻いている姿があって
柵をこわす途上の影をまねき
真夏と真冬の往路はちぢみ
地図か海図か構図か版図
おそい配色で

感官を問い
いくども
変換する呼び名
そっと腫瘍を育てつつ
未知と欠損が恥ずかしい
くるぶしが熱していき
ういういしさとまがまがしさが交わることの
求心の情欲から
あなたの肩にもたれ
いわばおだやかな思慕を装い
落ちていく視野となるのか
この風域のことごとくの審判の
へりからへり
波から波へ
言葉はうごめき
渇きが変質し奇妙な物音
騒がしくひびき頬がいたい
地に没する手前のながい時間を
乳白色の夢もしくは陽炎の粒子に添い

うすい情動にまぎれ誤算と誤謬をくりかえし
あそこの丘はとうに潰えたなまなましい旅のあと
虚構をかたどり濃密に入りこんで親密さを演じていて
ささやかな危機をゆがめ喉の闇に導かれ
はなれゆくものの回路をあいまいに断ちつづけ
とても小さな野心が小ささゆえに狂気となる
巧妙によれていく糸の悲哀を
感じるべきではないかもしれない
あらかた線は引かれていて
容赦なく風はわたる
明日は南へ
私の梢の
純化をもとめ
それは発芽から試され
厳格に区画される
無邪気な翼は
いつも
剥がれて
ほら見て

このように
飛ばされて灰になる

霞に撒かれる小石の行方

ことごとく
散らばる芥を
過ぎさる風に委ねていく
ひややかでさわやかな梯子をおりる足先に
不透明な蔓がまきつく鈍痛のようなもの
緩慢な熱を帯びて燠となって流転して
花を燃やし種子を盗んで茎を枯らし
舞台を終える演者がなまめき
化合物をきよめてさえ
種子だけが繁栄するいぶかしい杭のあたりで
甲羅の溶けた甲殻類の無残な身が朽ちているのだ
解りきったことと解らないことの
さかしらなめぐりの果てに

怒りもなく哀しみもなく
腐敗する内臓の晴れやかな営みは
夢を尽くしたあとに波間を漂う魚に似て
掌から放たれたくちづけの事後である
あれは割れた果実の叫びと驚き
あぶくをかたどり消失し
ささやかな航路が課されて
省略された言葉にまぎれ潮の満干を誘いだす
くりかえし明滅する燈のあやうげな行方にそって
いくたびもまばらな影を残していく私の声と腕と背とを
だれかが拾って集めて捨てる希求の半月あるいは三日月
欠けた爪の悪癖がかりかりとくわだてる
よわよわしい遠隔地の勾配を転がって
くずれた文脈にまどいながら
頭部の享楽または胸部の眩暈を
おぼろに感じて
折れた枝を思っている
貝は安閑と閉じられ
聴くべきことが聴こえずに

変奏される旋律はけたたましくしどけなく
ただ沈澱する春か夏か秋か冬
慰藉はあっても泥土のまま
ぬるい水がとどこおる
ひどく手狭な空隙から逃れるために緑の莢を
つぶせば暗転する劇となり中空へと飛び出して
そこからあでやかな霞がひろがり薄い光に覆われて
ふたたび出会うまなざしとまなざしとの
水脈の機微をさぐり機微の水脈をたぐりつつ
そのようにしてあなたの尺度ではかる私の喉元の
愉悦を抱える零の頸にあてない指を搦めていく
ほのかにほてる跛行の身体を鏡として
形容詞がなだれ泡立ち
いまは冷静でなくていい
布と糸と針の交差を
半睡の状態で行なうことの際と際
許された場は聖なる心音に充ち
なやましくなまなましく
たとえればこれは翼

一瞬の豪奢のよそおい
空に向かって
儚く落ちる

（『不完全協和音──コンソナーンツァ・インペルフェット　儚い
もののあでやかな輝度をもとめて』二〇〇九年思潮社刊）

詩集〈不完全協和音──コンソナーンツァ・インペルフェット〉から

秘めやかな共振、もしくは招かれたあとの光度が水底をより深める

汐の彩色、しめやかな雨にながれる鍵と戸と窓
河津聖恵「シークレット・ガーデン──今しずくをみつめている人のために」に寄せて

　だから、くらい木々の狭間を縫うように、夜のとばりの喉元から未知と既知が絡まりあい、地の雲に足先は覆われて、ひろがる不安あるいは千切れた根の行方を、ひとりで追ってゆくしかない。裏切られては求めてしまう見果てぬ夢をくりかえし、やわらかな闇のきわをきりきりと渡っていって、寄る辺なさに慄きながら、寄る辺なさを身につける。ほら、すでに、私の手や足、浮いている芥のよう、重さのない帯域が夜をふかめ、無為を無為

とし、見えないことの安逸から小虫の死骸を踏み歩く。しめやかな叫びの音が内向し、四散して、あれは、飛び散る鳥の羽根、それとも、つめたい氷の欠片？　消え去る影が一瞬だけ火を放ち、くろい喪の方位を焦がす。喪の方位が現れだす。そこに投げ込まれるものと消え去るものとの同化は真夜中の麻痺のなか、さらにみだれて放蕩する睡りに落ちる。

あてどない睡りの底からあからさまに時はなだれ、うやうやしく過去が消え、失語のごとく未来はふさがれ、私の眼にはなにも見えない。ただ、やぶれた衣服やくずれた希望が、平面の白さのようにひどくあわくひるがえり、遺失物の面持ちをかざし、かなしく去る人のごとく、無言であることの美徳を晴れやかに伝えてくる。遅滞と沈黙。このようにひとりでいることの疑いはすでになく、いや、このようにひとりでいることの極限を自己に強いて、無になる裸体をねがっている。ながくながく横たわって、透けていって、透けていって、ときに風景と一体となる私を待つ。空間に溶けゆく感覚にかぐわしくいざなわれ、身体がさまざまな地層を飛び越え、私の聴覚や視覚や触覚、器官という器官が結ばれれば、一本の管となる秘めやかな夜の果て、よりこまやかで微細な刺激に焦がれ焦がれて耳を澄まして……。

ふりだす一瞬の
音のない翳り
それをなぜ　かんじとったのだろう
灰色の気圧につつまれ
眠る身体はふいに仄あかるく　そして冥く
今ここにあらわに
いつかどこかもわからないまま
枕の薄青い窪みから夢の髪を梳かれ
みえない夜明けの雨空へかすかにひきあげられて　わたしは目をひらく

＊

ひたすら浄められていた。聖なる褥のもと、横たわる私の耳へそっと入り込んでくるものの、かすかな体温、そして呼気。零度のいとなみとして、夜の深さが音のない翳りを気づかせ、たちのぼる煙のごとく蒼褪めた空隙が照りかえしを呼び入れて、果肉のように熟した身体がひどく単独な感応体をあらわす。いわば、たくさんの生命がふくらみだし、有も無も溶け、裸体が透きとおれば空を反映することもできる。無限が私に降りてくる。現存と非現存が交じりあい、受動と能動が交錯しはじめ、すこやかにきわやかに、鏡の感受で身体はひらかれ、無心であって、無垢であって、つよい希求の密度が生まれて、私は横たわったまま、移行し、移動し、夢想だけではない、きっと空が呼んでいたのだ。なにかが出現する涼やかな意志がひろがる。

　そうして、屋根を越えて空を感じて、灰色の気圧につつまれ、微熱を発する私がいた。やさしい呪縛のようなこの空間は、かつて存在したものとこれから存在するものの、儚い遊泳の兆しに満たされ、吊され、隠され、凍っていた幾多の花弁がひらひらと舞い落ちる。私の身体にふりかかって、私の髪にまといついて、おそらくあこがれの受粉なのだ。流浪の民のあでやかな遺骨をいだき、幼いまでになまなましい不易の所作を、だれかが待っているかもしれない。だれも知らないことかもしれない。

このようなひとときに、私は目覚め、認識する。横たわったまま、家屋の心音とともにあり、動かない床も扉も恒常的な遠近感から放たれはじめ、習性も習慣も脈絡も変転して、すべての定式がほどかれ、この世界はうごめきつつ深まる。神秘のように測ることのできない物質の機微をまとって、私はあたらしい触れあいを感知し、おぼろげに奇跡のように羽化の踊のまなざしになる。

一瞬　屋根板はこわされ
樋と柱もこぼたれはじめる
雨は意識の粗土を濡らしてゆく
鮮やかな緑いろにふるえる
すべての葉がみえてくるようだ
しずくにかがよう蜘蛛の巣と
この朝の素《す》のすがたが雨音のなかにあらわれるようだ
ふるごとに　白くつめたいものは
薄青の庭をだぶらせるようにしているだろう
なかぞらに水は光をよびよせはじめ*

浮揚するまなざしから家屋がくずれ天地がおとずれ、家の絆でまもられた血の色はうすまって、私の血もうすまって、外側と内側の倒壊は同時にはじまり、名づけることの序列はいぶられ、接木が消えればつぎなる手立てを強いられる。このように絆のしたたかな牢獄から解放され、私はさらに耳を澄ます、眼を凝らす。地も大きく、空も大きく、雨の螺旋を感じてゆく。朝はとうにやってきていて、雨の雫のおごそかな輝きを全身で受けとめて、横たわった私の部屋の外、すぐそこの庭の情景を体感し、自然の調和が鮮やかな色を帯びて、私をかこむ。そう、私が望んでいたのだった。しずかにしずかに染み込んでくる外気の透明な量感を、朝のすがたの美しい静謐を、ふるえる葉やかがよう蜘蛛の巣、受容し反射する五感がなお作動して交響する。

へただりは清新な入り口であったのだ。しっとりとなやましく、葉や枝が濡れるように私自身も濡れてゆき、庭の様相とおなじ色彩に晴れやかに満たされて、屋内も屋外も透けた裸体に答えるほど、透明な光沢がめぐりはじめる。反映と交換の開放の場であることで、物狂おしく与えあうなにか迷信的な銃口がそこにあって、それは、距離のない密接な命かもしれない。潔癖な雨音のとてもやわらかな湿度が風景を統一して、おだやかな愛撫のもとで剝がれてゆくそれぞれの皮膜から、恩寵のようにとこしえの肉体が生まれだす。原初の明るい雨滴につつまれ、静脈の両眼がひらくとき、鼓動と鼓動がかさなりふくらみ、未完の物語をかたるふくよかな醱酵域は、透明な光沢を薄青の匂いのなかへと合一させ、いっそうの翼の振る舞い、やはり、ゆるやかな光沢は花芯の微光に変容する。

それがわかるのは
わたしが〝よこたわる人〟だからだ
ばらばらとときおりつよまる音はもとめる指のようで
もあり
けれど揺さぶられることなく
耳をそれ畳に黒い穴をあけられる
夢できいた水性の言葉が溶け
〝ま〟や〝ね〟が駅頭の光とともに浮かんでくる

（ありえない北口で
石の額をさらしてたたずんでいた）
なにが生きてゆくだろう
わたしのなかでわたしを越えて　降りるようにしてさえ*

雨雲に覆われた空のおもたい熟成を感じてゆき、地のしつらえで私の脈はたしかな光を受けとめる。虹色のような、薄命のような、その冷ややかな輝きはつよい意志の狂わしげな熱を帯び、しだいに錨がおろされて、雨音から発症する視差の頭部、私の耳許で雫の光が逆巻きはじける。小石と小石がぶつかる渦の、果てしない水域が飛沫をたずさえ、また、澄んだ水をともないつつ、ああ、室内のこんなにも泉の昂揚、こんなにも白い共鳴箱の前線のくるしみ、これらの憑依はなにを更新する？　なにが修復される？　規範をはずした恋慕のごとく、けれど揺さぶられることなく、穿たれるものがある。それは、希望と書きつける絶望のうごめきかもしれない。言葉と言葉がぶつかる渦の、〝ま〟や〝ね〟がひたすらかがやいて。

このようにして聴覚に爪先立てば、身体のおくから、澄んだ水に溶けた言葉が光をともない浮き上がる。砕け散った鉱石のあやなす息吹に惹きつけられ、彼岸と此岸の中点および両性のやにわな陥没に、揺動のない揺動の、社交のない社交の、晴れがましい降臨が孤と孤として行なわれる。沈静した仕草で（石の額をさらしているのだ）、かたくやわらかに移りゆく文脈の未知なる乱れを予感して、おそらくは黒子の指標、溺れることを表明する。

水位がどこか　ふちをあふれつづけている
頰に鈍いろの筋はえがかれ
みぞおちに白い輪がひろがり
自分が〝よこたわる〟ひとかげになってゆくのがわかる
雨やはげしさにもえのこされるようにして
性別や年齢や感情を消して
燭光を低めてともる
そのような存在の一人

〝よこたわる人〟というしずくのような種族だと気づくと
天井も壁も消える
雨つぶの数だけ
ひとかげはあたりをうまれはじめる
ささあ雨にもえる庭面に頬をつけ眠るために*

浮動する景色に寄りそい、なにが生きてゆくのだろう。私の身体の器の破損を、補うように継起するものの盲目的で大きな流域にいて、それとも、ひどく人為的に拡大された想いの果てか、一瞬のまばたきで、すべてがさびれるそんな不定形な地と空と水と息とに、魅せられた異邦の魚が泳ぎまわり睡りつづける。あの火を感じてあやつられ、心地よい旋律をゆがめずにいることの、不可能な仕儀をなぞり、なぞりながらも思慕をかさね、生身の種子を探ってゆく。かすかな妖精の余剰のような羽の動き、その動悸になじむほど、やさしくたくましやかな旅情の過程にたかまる指があって、そうして、したたかなうねりにまぎれ、縁という線と線とは溶け合うのだ。出会いとの動的な交換にあふれゆく雨水の、骨と肉の必然の結合に、互いの起伏が色づき積まれ、水の蒼さを湛えている。私もすでに蒼いうつろな流体のひとつであり、ささやかな分子の領域に身をまかせ、さらには…………。

　雨やはげしさにもえのこされるようにして、地上の事物から剥がされるようにして、時間や空間を逸れてゆく無意識が生じていて、だから、抗いようもなくより純粋な空隙に導かれる。地下と地上の中庸に横たわったまま、そのような存在として、水の底の底で深い息をする。まるで胎児の瞳を持つ。天井も壁も遠ざかって、来ようとしているものと来たばかりのものとの和解と、行くものと来るものとの出会いのためだろうか、身体はわずかな燭光を帯び、つねにあらたな見えぬものたちを呼びよせる。透けた裸体はひとつの雫の儚さの、この鋭敏さで世界をひろげる。死者は生者へ変換され、放たれた内奥性はつぎつぎと孕んでゆくのだ。出会いと出会い、あなたとあなた、私も生まれ変わっていて、雨にもえる庭に執する。

*

枝と枝　葉と葉　稜角と稜角　それらが空けてゆくな
　かぞらに
水は光をよびよせ
もつれあい　たゆたうのだ
雨ではなくて
光とともにあるもの
世の果てるときもかすかに光り　暮れのこるもの
わたしたち〝よこたわる人〟と〝よこたわる人〟のあ
　いだに
伸びやまない夏の葉という葉を
さあさあ織い胡弓は弾きつづける
雨つぶの数のひとつに
あなたもいるだろうか
雨音のなかになつかしいひとかげが　よじれる
ひとりひとり眠るわたしたちは出会えないかもしれな
　い
「あいだ」は鮮やかに生きつづけているから
葉を揺らせ
雨にみずからのすがたを
十重二十重《とえはたえ》にやわらかにする世界
幼い雨期のふかい庭の　紫陽花をたたえた茂みとなっ
　て

*

雨の雫はほのめく涙を隠していて、このような雨つぶに、枝のつやも葉のつやもあおあおと美しくきらめき、立ちのぼるみずみずしい吐息にまみれ、暗転する絵。饐えたものが消されてゆく。あらたにあふれる細胞の内密な響きにこたえ、鷹揚に枝や葉は空に向かい、濃いあお、濃いみどり、濃い茶をかかげる絵筆が散らばり、こともなく裏返って胎内に戻ってくる。私は〝よこたわる人〟だから、植物の静穏さで、それらすべてを受け入れ胚胎し包括を望んでいて、けれどひとりでは波間に揺れる一枚の紙片、滲んで読めない文字をならべ、中空を見つめている。遺棄された場所の微風のような爽やかな肉汁を口にふくみ、自然の濃度を浴びてさえ、私はものうい霞を背負い、硬直する針金のほそい行く手に、なぜか清浄なさやめきが笑みこぼれてくることを待ちかまえて……

……。

合理的なものなどいらない。ここでは、光と影の内実すら定められてはいないのだから。いや、定められないゆえに遠くまで見渡せる世界が供され、生も死も同質の保護がなされる。潤うことの憂いと空欄の華やぎとのあいだ、完了しない選ばれたものたちに天上からうすく光が降りてきて、葉や枝や稜線や褥、あなたや私に新しく生まれたまばゆさはひろがり、うっすらと神聖でこまやかな雪のよう、だが、この光はおそらく熱く、鉱脈の接吻を問うてくる。耳目の感度にすがりつく。穢れのないやわらかで厳しい光芒にあたためられ、醒めた夢のおくの星座を胸中に抱きながら、あなたも私も変幻する枝と葉、さやさやと絡まりあって、たがいの照応と開放に奉じる身体の、おなじ属性の慰撫にまみれて抱擁しあい、けれど、ひたすら縦列の言葉の身振り、私たちは並べられた柩のなかの亡霊である。

またしても、風が吹きぬけ兆しどおりに誤謬はふくらみ、意味は擬態の意味すらあらわし、愚と綾の損ないのすえ、いくつものあやまちがうやうやしく暴かれる。空回りする殻が割れ、あわく傷口を結びあったはずの繃帯は解かれていて、ひときわ夏の冷感、打擲のように重ならない生がひらく。柩のなかの亡霊の、こんな悲哀は燃焼させて、あくまで往還の火柱を味わうべきなのだろうか。私の呻きを親密な言葉にかえ鉛と錫の鋳型をつくり、おなじ種族に叫びを送って、なおも破線の譜にひたり、透けた裸体を曝すのだ。置き去りにするのか置き去りにされるのか、空転した関係に救いはなく、私たちはつねにひとりで隔絶された語に癒される。

さあさあと雨音は流れていって、夏の葉という葉にすがって落ちる雨滴をたどり、音の息が車輪となり、あなたも私も流れだす。この庭ではみどりが主体。ならば、私たち亡霊は十重二十重に死者を飛びこえ変容する。葉が中心であるからこそ、大気中で分解を強いられるのは私たちのほうであり、風や空気がそれを助けて、記憶を介し記憶を正し、鏡に映した姿はゆがみ、なつかしいひとかげがよじれる。私の視覚もよじれていって、葉の茂みが揺らぐほどさまざまな造形は引きだされ、過去の遺骸をたおやかに包んだあと、おびただしい過誤が見慣れないかたちで追われ、深まるみどりに不随して、透明な液体の、私はみどりごの硝子の記憶に近づく。とりわけ、雨で身体をそそぐ聖なるこどもの摂理に没して、紫陽花をたたえた庭の色彩へと幼い歓喜を呼び入れる。

光をふくむ水　水をふくむ光
もはや雨ではないものの反映が
あかるい藻のながれをしずかに古い塀に揺らめかせて
　いる
今はどこにもない
けれどたしかにあったもののかけらの影が
歳月に汚れた面を水底の田螺のようによぎってゆく
どこにもない　というかなしみと
たしかにあった　というよろこびが
壁に淡々しくつくりなしてゆく網状の植物群
アジサイ　ユキヤナギ　ヤマブキ
影となってこそかぎりなく伸び　戯れ　ふれあい
どこか奏でてさえいるらしい
希望なのか　諦念なのか　慰撫だろうか
名づけられない感情を光と影のもつれあいはかたって
　いる
耳をすませば壁のなかへ遠のいてゆく連弾
そこにはどんな断崖があるのか
わたしたちの花弁が　笑いながら散っているような

＊

光と水、水と光、生成しあい反射しあい上昇しあい私たちを含みながら、雨の雫はもろい剣として、すべての気配の色を深め、風景の意味を変えゆく。一枚の葉の輪郭がひとつの境界をかたどり、だから、たくさんの境界線が私たちをとりかこみ、それほどに私たちは放たれていたのだった。葉や枝のかすかな震えは存在のりりしい凪、浮標のように不安定な場の豊かさが、奔放にひろがることを目指す流露をあやつって、私たちを交感させる。あなたと私をかたちあるものの奥へと連れさり、死も生もおぼろげに混濁し、雨期の幸福とはこのようなものなのだ。家も庭も塀も土も、濡れた頸部の断線した物体であり、そこからつややかな声を発し、過去も現在も同様に現前する夏の肌理。応じたのはだれなのか？　歳月が癒着し封じられて透明になり、覚醒して渦を巻く。西も東も同格の契機を差しだし、緯度も経度も白い紙面で一本の線をひいて。

そのように時空にもつれ、雨音とともに出発をはじめていた。跛行を納めて自然にそい、流れてゆく生物は野性と神性の腕を伸ばし、美しい庭に触れ、水に漕ぎだす無意識がとおく果てでない岸辺を想う。到着することのない船出となって、つまり、慣習に対するあらがいが間断なく行なわれ、礎を作りなおす動力を言葉にもとめ、あなたも私も費えない有機物、流動性は言葉の欲望である。なにもかもがあらたに息づき、あらたな墓を思いえがいて、転覆の予感のままに、恋慕も憎悪も溶けこんだこの場で清算されてゆき、私の底の倒錯した救済を、不信もなく信頼もなく、成就すること。記した言葉は己れに還元できない世界としてなだれ、その景観は過ぎ去るものとして読まれ、言葉自身が流れることを欲するならば、いまここで主体も客体もあまやかに流失する。

それは、失うことを前提とした対話のよう、不可能と不履行への花の儚い意志のつよみで、刻まれた壁画の文様のごとく、素朴なまでに奇妙な永遠性が私たちに残される。あやうい力学の求心と遠心から、すべからく網状の植物群のあつらえの、紫陽花、雪柳、山吹、このうるわしい彩りを浸透させ、はじまりとおわりが絡まりあい、あなたと私、裏と表を、結びつける力と引き離す力の矛盾した拮抗は、情愛のさやかな制度なのだろうか？　影となってこそ、より大らかな彼方がまねかれ、語ることのできない植物のくちびるから、にがい画布をひろげくらく明るい神話が咲く。もしも、そこにあでやかな涙の統治があるのなら、軟体動物のういういしい愉悦がふくらみ、餓えはひとまず修正され……。

しばらくは騙されてもいい、象徴はこちら側の恣意的な解釈を許していて、それは私の心性をあばき、ふさわしい図柄をえがく。観察者はやがてずれゆく音波を感じ、更新しない明日をかかえ、ならば、誤謬も誤解も水の氾濫までのこと。歳月が溶けだせば、おぼつかないひとかげは情実に埋まってゆく。水の揺らめきはこのように私を濯ぎ、習慣への愛着が途絶え、とてもやすらかな空白が悦ばしく、希望なのか、諦念なのか、慰撫だろうか、頬も額も心臓も、新鮮な光と影をもとめほぐれる。だからこそ、あなたをたぐり、あなたに寄りそい、私とともにあなたを柩に入れるのだ。しめやかな遊蕩にはたしかに断崖が潜んでいて、その裏にはあつい縦断の意図が課され、中心はどこにあるのか？　とどかぬところの彩度のきらめきになおも惹かれ、私たちの花弁がひらひらと舞ってゆく。

＊

その人は今しずくをみつめているだろうか
たぐりよせるように
雨音にたずねる
いや　雨音がたずねている
水の筋を翳らせては光らせる　この白い虚空のみなぎりに＊

天上も地上もなく、不可能も可能もなく、放たれ離れて私たちはいまだ浮遊する一枚の花弁である。時空を越えれば、引き裂かれ引き寄せあう灰の磁力に関わって、つねに伴侶の硬度にもつれ、おもたい語句があったにせよ、それは、いぶかしい哀感の石の皮膚。揺るぎない元素のかがやきが、いずれの個体も不死として、いくつもの恐れとさまざまな欲望を持ちこたえ、つめたい体温からおのずと沸き上がる熱の思想へ、言い訳のように私の暗礁がせりだす。せつないまでに体液を同化させ、どこか均衡を整える水の面の、なめらかな鏡の形式は完成し、だが、雫はかたどれない。雨の雫はこまやかに拡散し、かぎりない夢想の図式のきらめきをかさね、あなたと私もそれぞれの素顔で散らばり、輪切りの樹木の血を照らすのだ。ひとしきり仮定だけが分有され、柩は壊れて髄を証し、あらゆる雨にたがいに濡れる。

　問われたものは返しただろうか？　雫に呼ばれ、感応し応答し、月明かりのなよやかな輝度のごとく、見えない境界を通過した私たちは一過性の挿話のなやましさ、それだけを落としてゆく。凝らした景色に恋をして、凝らした声にすがっていって、けれどすがすがしいほどに半熟の耳と指の行いから、以前と以後の圏域にはぐれ、逆行する告白の火。事態は収拾しないまま、終えたなにかを聞き取りたい。たぐりよせるように、雨音にたずねる。いや、雨音がたずねている。掘り起こした遺品の手触りにつらなり、水のあまりの戯れを介しながら、共振し震える旋律のまろやかな変奏が巡回し、よどみのない祭儀を期したあと、私は感じる。光をどこにもない光の異相として。だから、美しいかがやきの残酷な離散にまみれ、捕らえられないもののたしなみが漂って、緩衝と鑑賞ゆえ、一滴の雫の消失のよう、見渡せば隘路の果て、白い虚空がただひたすらにひろがりゆく。

＊引用作品　河津聖恵『アリア、この夜の裸体のために』（ふらんす堂）より

旅の記憶、もしくは越境の硬度について

入沢康夫「旅するわたし——四谷シモン展に寄せて」に寄せて

1

わたしは誰？　誰？　誰？　だれなの？
そして　ここ　ここはどこ？
どこなの？

わたしは　旅から旅をして　ここに来た
わたしの琺瑯質の眼には
たくさんの　たくさんの物が映り
次から次へと　流れ　そして流れた＊

記憶？　おそらくはかすかな衝撃が私を穿っていたのだ。冷感のひろやかさが各々の個体の吸気をおびやかし、おびやかされることで再生をうながす衝動が発せられ、私の身体はいつものように浮遊する。いや、あらかじめ、再び生きるためのなにかを求めていたのかもしれない。わずらわしい騒音の丘を避けえず、まして騒擾のきわに

いて、否定も肯定もないまぜにし、不可解な糸をようやく結んで、流れてゆく現実。あの外側の規定から逃れるためにわずかな衝迫をも折りたたみ、そうして、現実的で虚偽的な己れが紙の上で消失することを望んでいる。少しずつひらく扉を待つように、いきなり人型の穴に落ち込むように、あちらとこちらが混濁する空隙を飛んでいって、溶ける雪のあてなさで、うつろうことの予感を信じ、磁場から磁場へと依存して、つねに途上にある琺瑯質の眼の知覚にひたっていたい。とても孤独な、固有性のないうすい鏡のような皮膚を持ちつつ、けれど、やすらぎがめぐり、誰にでも浸透し、誰にも還元できない自由な生きもの。私は誰でもないものになれる。

私は誰？　誰？　だれなの？　ひりひりとしたやわらかな旅の位置にたたずみ、誰でもない私がゆらめくどこでもない場所がある。捏造か、創造か、このような主体をゆるす親密な世界であるからには、やさしい場所であるのだろう。ここの情景は、色彩の濃淡すら私を反映するさざなみをかたどって、内在する外の風景は、実在する物の囲いを取り払うためにあって、中心には私がいる。

だが、どこでもない場所ゆえに、どことなくその装置はずれてゆき、天地さえ漂流していて、どこへ行くのか分からない場の混沌を楽しんでいるのか、それとも、この混沌に現実の苦悩が隠されているのか、ひどく曖昧なまま、いくえもの意味をかさね、様式化したごとくの詩形式をかためていって、そこから、茫漠とした世界がひろがり、なお、先へと進んでいきたい。視えないものを視てみたい。出会いたい。触れてみたい。もっと、深淵があるはずだと思っていて、捕らえきれないものを追うふたしかな行為を集め配する。

ここは、ゆらゆらとあらゆるものが標的となる世界。針や雲の拡散さえいざなうところ。流れゆくすべての事象は素朴な素材の切実さをあわせもち、にがい痛みを背負っていて、それらをしなやかな隊列へと修正と変転を加えることで、霧の奥の霧の形象の、ひそやかな息吹をあかす。つくられ、こわされ、つくり、こわして、果てない運動を呼び入れるのは私の欲望であり、半睡の、半焼の、ひびかない谺に恥じらい、だからこそ、いつまでも希求の旅をつづけ、時間も空間も溶けた逡巡のたおやかな渦のなかで、夢やまぼろしに追いすがる眼差しだけがきらめく。いわば、流れゆくものを流れゆくものとして、去ってゆくものは去ってゆくものとして、いくつもの事象が聖火のごとく眼裏に残されて………。

（それは　例へば
長大な角ふり立てて北天を移動する
水色の甲殻類の大集団）
（金属の葉叢にひそむ骸骨蛾）
（鳥籠に封じ込められた土妖精《グノーム》＊）

（与えられたものなのだろうか？　希っていたものなのだろうか？　中空にあっても鋭く私を取り囲むものたちのおごそかな蠢きが、明確な眺望として眼前に打ち建てられる。天地さえ漂流していて、だから、精妙で反自然的な生きものたちがそこここで成立し、そのつよい吐息があわく至福を呼びこんで、洗練された曲線が優雅な光を放つから、異形を異形で否定しつつ、異形を異形で装飾し、それは異形を讃えていて、どこでもない場所の空間がはなばなしい躍動に満ちてゆく。水色の甲殻類たち、金属の葉叢や骸骨蛾、鳥籠に封じ込められた土妖精が関わりあうこの周辺の絢爛たる混乱の、過剰な秘部。苛酷な残照。身体を溶かすほどに中立的な熱を発し、このようにして、謎めいた熱度が私の胸に巣食いはじめる。）

わたしの露はな胸郭の一隅に巣食ふ金色の蛆が
かすかな蠕動を繰り返し
誰かが　わたしの最も軟質の部分に紅を差す
斜めに落ちかかる陽光のモアレ模様は
まるで熱湯かなにかのやうだ
わたしの　半分壊れた顔面……
しかし　仮に　あらゆる部分をとり除かれても
それでも　わたしは在る　在らざるを得ぬ
わたしの造り主の《彼》
《彼》が居るかぎりは——＊

ああ、あなただ。私のもっともやわらかな部分に紅を差すのはあなただ。どこでもないこの場所で、旅の途上で、私の胸の奥のあつい発疹に気づいてくれるのはあなただけだ。私のもっともやわらかな部分を見さだめ、聴覚と知覚が陶器でも粘土でもない皮膚をなぞり、その触覚で私をかたどる。だからこそ、私の触覚も鋭敏になってゆき、いわば、やわらかな部分を知ることで、かたくなな身体はほぐれ、あなたの出現が狂おしい触手の往還をささえ、応答の麗しい液体がなだれこむ。いつも、待っていた。どうしても、ねがっていた。あなたという最大値。すべてを包摂し、磁気を弄して、たくさんの言葉を統合し、これらの隊列を廃墟と見做さない視覚の持ち主を、なつかしい帰還のごとく待っていたのだ。花火のようなまばゆさの、会話のない深い和合。私の胸のあらわな微震をあなたの胸があやつって、熱度がふたたび高まって、その熱が顔面すら溶かしていって。

傷と傷をあわせることで美しい氷晶を生みだすこともある。それとも、了解を強いているだけなのかもしれない。半分壊れた顔面はあなたの手に委ねられ、そこで調和を保ちたい。小さな想いも重ねていけば、これらは言葉で構築され、車軸とともにあなたは現われ、肺も腕も耳も頸も季節のない車輪に巻かれて、私はすでに言語の死体、あるいは燃焼するごくわずかな生命体の、とてもしめやかな官能に没していて、みずみずしい安息を得ることができる。生体の裏の生体に兆された危うい交合なのかもしれない、過度の熱と過度の崩れと過度の希望と過度の愛を、奔流させる旅から旅への途次、集約されるのが金色の蛆のかがやき？　いまだ接岸の夢をみる。

でも、身体が崩れそうなほどここはあつい。だから、あなたの身体も崩れてしまいそうになる。もともと不定形なあなたであって、複数の影をたずさえ、誰でもない私と対峙するあなたは、誰にでも浸透し、誰にも還元できない自由な生きものであり、やすらぎすら湛えてこの世界に存在する。あなたがとてもやさしい脈動を送ってくれるから、私の孤独はひととき癒され、けれど、あなたは癒されているのだろうか？　なぜなら、この世界ではあなたも漂流者であって、あなたはなににも頼らずに、その存在は自身の触手だけに賭けられているからだ。どこまでも自由であることにはひどく多大な強さが試され、あなたはそれを遂行せざるを得ない。これは、不定形なあなたの特権でもある。私が呼び入れたあなた。あなたがかたどる私。生体の裏の生体の私たちのこの身体は、崩れても新たに生み出される堅固な小山のように思える。

　身体が崩れそうなほどここはあつい。いや、私が崩れそうになるからこそ、ここにいる。現実から超えでようとすれば、壊れゆくなにかがあって、実在の視野を超えでることは指標としてあったのだ。琺瑯質の眼の知覚があらたな世界を見つめている。私が壊れてゆくさまが周囲とからまり、果てしない空間と遭遇するために、あなたが私を連れ去ってゆくのだから、もう、身をまかせればいい。無限の余白に陽光がふりそそぎ、その光を浴びることで隠された祈りが発現し、垂直的な祈りが痛点や痛覚を暴きだし、私のあらゆる部分が排される予感がする。怖れと痺れのあつい領域。私が呼び入れたあなた。あなたがかたどる私。あなたの掌は私になにをするの？あなたの指は私のどこを引き裂くの？《あなた》が居るかぎり、この世界に私も在らざるを得ぬ。

　わたしは誰？　誰？　誰？　だれなの？

＊

そして　ここ　ここはどこ？
　顔も腕も脚もばらばらな位置にあって、髪も陰部も所在ないまぼろしの脈をはなち、主語も述語も不案内なこの旅の、ひりひりとやわらかい感触が私を覆って、さまざまな生きものたちの性別が混合される。女ではなく、少女ではなく、男ではなく、少年ではなく、私は誰？受動と能動のうつりゆきは意図のない意図をあらわし、たとえば、中性的で過渡的な空気が充満する、ここはどこ？　見えざるものが見えてくる劇的な場をまねき、災いから逃れてもとても不安な波動によって、迂回に迂回をかさねる人影が滞って、それから、なだれる。天地さえ漂流していて、ひたすらに感度をみがく音がしみて、午睡のように、昏睡のように、忘れられた歳月がたあいなく淀むときの………。
　動くべくして動かぬ木製の歯車の苦い笑ひは
　宇宙の無限性（夢幻性？）へのわたし（彼？）なりの
　　挑戦で

布目ある石膏の肌は今日　印刷文字で埋められ
わづかな空所も片端から金剛砂で磨き立てられる
石綿《アスベスト》製の脳の中心に嵌《は》まつた白金の梟が二声叫び
すべてが　ここでは古めかしく　しかも新しい
見積書の向うにありありと透けて見える白い柩
遠心分離された人狼《ガルー》のスペクトル
端のはうから乾からびていく島宇宙大のパレットの
何といふ重さ*

　なにも変わらないのかもしれない。なにも変えることはできないのかもしれない。変容より忘却の安易な肉を食す双子のかたわらで、どこか餓えた私がいる。芽吹きの春を待ちながら、ばらばらな腕や脚が選別され攪拌され、そこから、とてもかすかな声、とてもかすかな夢がこごまり、つめたい臓器に落ちてくる。生むべくして生まぬものの転倒した楽曲が、地に背いて改竄され、荒野に滋養を与えていて、あやふやに虚構が混じり、誰もが調整する無邪気な識閾の、誰もが了承する両翼の傷がある。動くべくして動かぬものが謳歌する両翼のふかい傷の、その傷口を開口し、外洋の抑圧をしたたかに反転させれば、永遠にひろがる宇宙へあなたと私が散らばって、挑戦的な律動に私たちは育まれる。無限といい、有限といい、夢幻といい、事実といい、これらすべてを妖精の青い享楽へと混和させ、羽をまとって、ほら、いま、かろやかな雪片である。

　ひらひらと舞う雪片のせつない危うさをかさね、仔細な塵を涙に転化し、海や泉に溶けゆく嗜好におちいって、それでも、消滅しない地点でこらえるたくましい音素のように、あなたも私も渦中の突起。疑わしい方位を塗りつぶし、ささやかな雪の白をかたい石膏の白肌にかわすことで、大幅な改訂をねがい、この世界を圧迫し幸福な闘争を望んでいる。弛緩のあとに収縮する喉元の機微のほうへ、天地さえ流動していて、宇宙にあれば地平と断絶さえできて、あらかじめ在るものを無効化し、断絶のあとに隆起する生命の機微のほうへ、白金の梟が二声叫び、社会の秩序を侵しつつ、巣別れと巣作りの二重の行為が行なわれ、本能的な回帰だろうか？　古めかしく新しい経験が積まれゆくような。

もっとも親しい風土であるのだ。昔ながらの太陽の光がそそぎ、ここはあつい。ひどくあつく、聖なる火に照らされる白い柩が蘇生の鋳型を諭してくる。おだやかな神話のように、たとえば、我身を破滅させることなしに我身は蘇ることができるか？　恣意的な言葉の羅列を秘教的な美に収斂させるための、擬人化、擬態化、擬音化の渦と渦は、永続しないうつろぎであって、ならば、定まらない境界線から、遠心分離された人狼のスペクトル。スペクトル、スペクトル。剛毛は燃えていて、すでに応答できないおおらかな相似の花の、存在は自己分離を引き起こし、ちぎれてちぎれて、少しだけの狂気も萎え、天地をうつす鏡は壊れ、おもたい灰色の空に侵蝕される土がきしむ。

わたしの肋骨の内部に鈴なりに配置された非常警鐘
わたしの肝臓は　亜炭の飴玉
わたしの心臓も　睾丸もまた　亜炭の飴玉
そして　薄緑の皮膚をかぶせて秘匿された再々変換装置
わたしの上の上の天空を
またしても　金剛砂の嵐が軋音をたてて西へ渡つていく

＊

定まらない境界線は不完全なこの世界を暴いていて、あたかも他の世界のほうがすぐれて権能であるように思わせる。装置はなすがままに外部のありえない破壊を想像し、そのための日照が噴出し、あつくあつく、ちぎれてちぎれて、私の内部に落ちてくる見積書の不要な文字。粗末でまがまがしく焼け焦げつつ、そうした身振りが昂じてきて、この身体に貼りつきたがる。しかし、完結しないもの。くわだては卑小な結果に終わり、卑小な胸に戻ってきて、褪せない夢は反復され、求めているのは内部の風の緊密な構造なのかもしれない。外部に対峙するためには内部は空洞であってはならない。秘儀のためのおごそかな装飾性に濡れる細部を感じていたい。だからこそ、内奥では、黙禱のごとく、複雑に組み合わされたなにがしかが充溢していなければならない。
空想は許される。不完全な世界に応じた不完全な身体

そして　ここ　ここはどこ？
どこなの？

ひりひりとしたやわらかな旅の位置にたたずみ、私はいつ手脚をもがれ、いつ私は捨てられるのか？　華奢な身体が乱暴にあつかわれ、痛みが頂点に達したとき、壊れた部位から藁屑や土や金属があらわになり、驚異の物体に成り果てて、叫んだのはあなたのほう。裏切ったのは私なの？　あなたの分身を装いつつ、玩具であることに堪えきれなくなった私は誰？　誰なの？　処女でもなく、童貞でもなく、秘密のない身体であっても、いまだ迷宮に私はいて、ここはどこ？　どこなの？　たしかに逸脱した空間なのかもしれない、呪われた場所は聖なる場の反照の実りとなって、ここは、すべてが溶解する彼岸の地のゆたかさに充たされる。

わたしたちは　脆く壊れやすい一生を授けられて
ここに集ふ
火の鎌　石の膝　金属性の大蜘蛛

＊

たちの、この未決定性が私を地から遠ざけ、反復する夢に関わり、郷愁のような、情愛のような、罪のような、永久的な夢想の無常に囚われる。人は肉体があることで存在を問われ、いつでも不安に慄いて、宿命的な感慨をいだきながら、そこから逃れる術として、私という主体を創る。私の皮膚は半分剝がれ、私の内部は歯車や捻子が機能せずともとどまって、すべてがおとなしくさらされる。私は誰？　私の肝臓は亜炭の飴玉、私の心臓も亜炭の飴玉、私の睾丸すら亜炭の飴玉、成長を止めた稚い風貌は完璧に上気する頬を持ち、ありあわせの組成物がすがすがしく寄り合わされ、配置され、秘匿され、華やかに虐げられた物質の昂揚の、私の意志と無関係に感傷的な私がいる。まがいものの優雅さをさらに誇示し、在ることの恍惚に性愛さえ呼びこんで、その先にはあなたがいて、演出家の繊細な欲望が、またしても、上の上の天空を覆ってゆく。

2

わたしは誰？　誰？　誰？　だれなの？

飾りガラスで張りつめられた堂宇の内陣では
逆三角形の愛と夢とが　焼き菓子のやうに
ぼろぼろと崩れ　崩れては空気に融ける
真つ赤に灼けた青銅の円柱から
熱く乾いた風がひとしきり吹きつけ
（千哩の距離を隔てて　それぞれに首を吊つた
詐欺師と熾天使
……木の鎖　組布の上膊　泥の関節）*

　脆く壊れやすい私たちの生のからまり。この彼岸での交わりにおける一瞬の一生。光と影が散らばり溶けて、私たちの集いを祝う。すこやかな祝祭の香りをたどり、ここでは、遙かなものへのあこがれさえ贖うことができる。自ずから手にできないものを、とおいへだたりを、恣意的に、感覚的に、欲動的に、捻子や歯車で内部化し、言葉を交配させることであなたと私をつなげ結わえて、拡張させた領域の一部にまぎれ、蹂躙し蹂躙され、あの空間を犯すのだ。不完全な世界ゆえにあらあらしい所作は許され、清浄な身体が解かれれば、遊戯的な行為にもひどく真撃な追求があるのだから、未完を悦ぶ特権者の面持ちで、流動する言葉につらなる。呪縛のごとく天地さえ流動していて、暴行を受けたあとの悲劇だろうか？憧れは変貌しつづけ、まるで、憧れを鎮魂しつつあるような、脆く壊れやすい私たちの生のからまり……。

　それは、辺境における果てしない境界線。もしかすると、逃亡のための迂回の線。言葉から言葉へ、経験から経験へ、遅滞であることが自明の旅の枠と枠の調和を信じて、私はとどまることのない恋情の律動。震えることで凝結する人影から、あふれる芽を並べている。だが、ういういしい発芽は神聖なだけではない。不完全なこの世界に正統的なものは確定できず、いわば、芽は悪徳をも妊み、言葉とともに悪は育ち、恐怖や畏怖がいぶかしく私たちにまといつく。譬えてみれば、身体がよじれて私は吐きだすものを吐く。とてもつめたい蜘蛛の糸を呼気として、ほそい鋼をつぎつぎと放ってゆき、それらは、この世界に幽閉された私たちの反映であり、欲求であり、既知と未知のこのような葛藤にまじわり、茫漠としたこの世界はすぐに悪夢を作りだす。それゆえ、火の鎌のあざやかな切り口をかかげ、曲がらぬことを決意した石の膝の、尺度の強度を試すのだ。狭さから広さへ。暗さから明るさへ。ひとしきり空を見上げて、触れえたものの蕊をさぐって。

いっさいは化合された夢。無化と風化の稚い希望がふわふわと浮き上がり、空に通じる窓はきらめく。うすく透きとおる硝子に惹かれ、私は罪のない観客のひとりとなり、忘れさった花芯の透明感を探索し、光彩を濃縮させる錯覚で、脆くかたい行間をうちひろげ瞬時の光にいだかれる。暗黒の隣である。揮発の手前、かろうじて、一瞬のまばゆさの、可動性の、あまい菓子の愛の味をささやかに賛嘆し、すべてが溶解する彼岸の地にて、見つめすぎて、くずれる。時間も空間も溶けているこの場所で、愛と夢とがくずれては溶けてゆく。やがて、ひとしきり吹きつける熱風が………。（千里の距離をへだてたまま、詐欺師と熾天使は頸を差出す。それぞれの悦びが散逸するあつく乾いた風………木の鎖、粗布の上膊、泥の関節、頸を吊った彼らの瞳、それらにいまだけは好ましい寝台をしつらえて。）

いま　人肌色の巨大な尾がするすると宙にのびて——
のびきつて——
想像力の水平線に
猛烈な勢ひで打下ろされる
あたかも　何者かへの
《復讐》ででもあるかのごとくに*

零度の地点。ゆるやかに共振する窓と寝台に関しての、気だかい迷路も溶解する彼岸の地。とおく眼差しを交わしあう星を見ていて（頸を吊った詐欺師と熾天使ゆえ）、またとない時空で、捨てたはずのものと捨てられないものとが同時に派生し、だから、空間が圧縮する。かすかで多数の剝製たちが吹き返す息の果て、解除された単独の影たちは気体のようにじりじりしていて、沈黙的な暴力が砂の卵の孵化をみちびく。私の孵化がさらさらと流れてゆき、加算された眺望にまぎれこみ、線は面を呼び入れて、その表裏、とても似つかわしい裏と表が私たちの影に課せられ、それは、私たちの手をはなれ、肥大する多大な哀しみの、むしろ、時間と空間が溶けている永遠性が大きな力で収斂してくる。鋭角的で有機的で切断的なもの。

到来するのだ。ある瞬間の突端で巨大な尾が伸びてくる。未然のままに終わりは起こり、すべてをさらす無防備な旅であるから、受難と受苦の、うるわしく緩慢なうつろぎを蒙りつつ、どこか郷愁にささえられ、打ち下ろされた巨大な尾をこばむ余地なく惨敗する。あなたも私も、この身体を解体し、この世界になだれてゆき、なにもかもの物質性を回復させる高邁な水平線の途上にあって、けれど、生成の裏側からのつよい打撃は、鈍くひろがるだけの治癒のない相克をあらわにし、救済のためのしどけない装置は破れる。虚構であっても神が予期していなかった人型の実践は、傲慢で背徳的な行為となり、評決はつねにくだされ、死と不死の混迷すら、混迷のまま断絶する。それは、不浄も神聖もあまやかな遊星の塊として扱ったことへの怒り？　天空を遊戯と虚偽で満たしたことへの苛立ち？　それとも、遅延に遅延をかさねる時空への諦め？《復讐》の硬度を加える終末の激しい気息。けれども、余白はしろく、あたかもなにもなかったかのよう。虚無も暴力も沈潜するあわい濁りが透けていて、この身体で、待機中の死のような不可能なものをさぐる享楽を感じてみたい。すでに敗北した者に敵はいないから。

3

わたしは誰？　誰？　誰？　だれなの？
そして　ここ　ここはどこ？
どこなの？　どこなの？

＊

ひりひりとしたやわらかな旅の位置にたたずみ、虚無も暴力も沈潜するあわい濁りのただなかで、私の喘ぎもおそらく沈み、余白となって消えてゆく。この身体は敗北した者、意識なく死んだ瞬間のくちびるを硬化させ、無言のさざめきを身にまとい、祭壇に祀られた布目ある石膏の肌は今日、あなたの手でいかようにも彩色され、あなたの星座のひとつのかがやき、それを飲みこみ栄華とする。このような私は誰？　旅の位置は横たわった身体の位置、無言で冗舌な比喩の個体の、わがままで無償な航行をかさねてゆき、そして、ここ、ここはどこ？　出発はどこからはじまったの？　私の問いの答えはどこにあるの？　鏡面と鏡面が向き合うような、火の熱さに見まわれるここはどこ？　どこなの？

遠い旅のあげくに
わたしは　わたしたちは　いま　ここに立つ
木製のリブと真鍮製のリブとが危ふい連繋を
辛うじて保ち
声のない絶叫は大聖堂に満ち
仲間を求める白い手首が青い手首に向つて
蟹のやうに
ひたむきに這ひ寄つていく
わたしは誰？　誰？　誰？　だれなの？
そして　あなた
わたしを　わたしたちを造つたあなた
創つて　かく在らしめたあなた
あなたは誰？

＊

誰も答へない　誰も――

私はここにいる理由を知らない。ゆらゆらとあらゆるものが標的となる世界の、そのゆらめきが私を捕縛し、行間のひろまりが私を解くほど私を虐げ、手や脚や頸や肺が囚われ者のおびただしい偏愛で成育し、旅の檻のざわめきだけ露出する。移動はなされたのだろうか？　無防備な旅に牽引された無防備な私たちの、果てのない果ての受粉に砂煙が立ちのぼり、煩悶こそが私たちを確認する。リブとリブとの危うい連繋から、匿名の儚い情景が天上にとどくのなら、腹部を裂いて眼球をえぐっても、醜い血は流れない。醜悪さはどこにもない。あなたが私に触れるのなら、私はあなたを受胎して、それはきららかな絶叫の、とても美しい衰弱の余韻をかたどり、夢も光も熱もすでに地上のものではなく、神の領域へのいたいたしい接近を試みていて、大聖堂の反響から、天の威信に従えば、現世から追放され、ほとんど貢ぎ物の私たちのこの身体は半永久的な塊の吐息である。

自制のない、制約すらない、おなじ種族の私たちは通気性を帯びた骨に沿い、骨を合わせて苦痛も苦悩もともにする。現世から追放された私たちのこの身体は、天上と地下に同時にひそむ婚姻者の聖なる根と茎、あまりに罪は宙吊りのまま、秘めやかな花を咲かせる王国へと近づいて、昂じることと感じることの快楽が永続する。いや、永続させるのだ。ひたすら仲間を求める白い手頸は青い手頸に這い寄って、蟹のように這い寄って、小さな甲羅の堅固な意志の、いまだおなじ種族を追い求める幸せな私は誰なの？　混乱する花火を隠しもつ物体の、生命を持たないこれらの言語と曖昧な存在の私たちの、蘇生のない蘇生の兆しが私たちの未来？　それとも、これは、奪われた過去を取り戻す所作なのだろうか？

震える芽が震えたまま固まるような空隙の、祭事のひとこまとなり、腐らないこの身体をもてあます私は誰？誰なの？　解体されたり、解剖されたり、壊されたり、乱されたり、生と死の狭間を浮遊させられ、魔術や呪いの淵すら達して、私はここで惑溺する。私はあなたの小さな似姿、私は息苦しいほど小さきもの。この世界のすべてを再構成し創造するあなたの企図の、その荘厳さは、あらゆる世界の全体者の相貌で、普遍的にして個人的、永遠にして時間的であろうとする野望の極限をあらわす。私は、私の身体は、そのための遊具として生み出されたのだ。私を創って、かく在らしめたあなた、あなたの愉悦に満ちた興奮がこの身体に埋めこまれ、やはり、神を冒瀆する領域にいるあなたは、あなたは誰？　誰なの？誰も答えない、誰も……。

空漠たる天の砂漠の一隅
磨き上げられた天河石板の碑の表面に
いったんは押捺され
徐々に薄れていく巨きな巨きな神の（神の？）指紋*

誰もなにも答えてくれない。ただ、時間も空間も溶けているこの場所で、愛と夢とがくずれては溶けてゆき、その熱風が私の在るべき場をしめす。ここはあつい。全体者であろうとするあなたの（神の？）胸底の火があつく、遊蕩的な熱を発して、なぜか浮かび上がってくるものの深さをめぐり、己れの意識とそれらの偏在を一致させる沸騰の感覚が、炎の光沢をはなち、私に放射し、私自身が偏在する。きっとあなたは、自分の炎をより燃え上がらせるために私を必要としていたのだ。神意のような絶対性で私をかたどり、あなたの天分になまなましく応じる私の腕や脚や胸を、あなたはとても愛していて、幼年期のみずみずしさを要望しつつ純化しつつ、自身の火が消えないために、私の胸底の火もほしがるあなたの貪婪な欲望を、したたかで残酷な愛情を、私もなにより愛していた。そう、私も神を冒瀆する者。小さな身体が火照っている。

　怖れはないのだ。生と死の狭間にいて、天地さえ流動していて、すでに私は位牌の小石、紙の上の危うい強度がひらひらと宙を飛び、多感な細部が剝がれおち、どこでもない場所の碑の構図だけが残存する。天のもとでのこの世界。帰還を印し、創造を印し、夢を印し、愛を印し、永遠に死につづけるものさえも創出し、この世界を統括している巨きな巨きな神に（神に?）、なにもかもを捧げてゆく。もしくは、生成も断念も、硬度も軟度も、すべて忘れたほんのかすかなものを手渡す。雑駁なものなどなく、俗化したものではなく、憔悴したものでもなく、溶解した密度の、ゆるやかな仄めきの、あの雪の欠片のような、綿密な色素のような、多層的でうっすらとした、かつての、いや、いまだ、兆しであるものを。

＊引用作品　入沢康夫『遐い宴楽』（書肆山田）より

（『不完全協和音――コンソナーンツァ・インペルフェット　秘めやかな共振、もしくは招かれたあとの光度が水底をより深める』二〇〇九年思潮社刊）

散文

私的詩論──回流・転換・消えゆくものへ

想像的なるもの、私は詩をこう呼びたくなるのだが、実際には詩を定義することはむずかしい。詩人はそれぞれに記憶があり、感情があり、五感があり、習慣があることで各々に差異があり、その上で詩作があるのだから詩は一括りに語れるほど単純なものではない。だが、心象や生存を言葉に密着しながら組織立て、現実から己を解放するのはまさに詩の大らかで晴れやかな所作であって、そこには開示の経験がある。新しさの体験がある。詩人はそれを発見と名づけるだろう。自身の記憶や知覚以上に詩の作品によって気づかされるものの重大さや、詩の言葉によって現実への批判や闘争をも行なえる自在さや、悲哀も悲嘆もどこか中空へと昇華してしまえる自由さを、詩人ならば誰でも知っていることだと思う。

それはおそらく想像の力に拠っている。想像力が何よりも精神の動性から発していて、その見えない動きが知覚触覚されたものを多方向に歪曲する能力となり、現実の物事や心象風景を変化させ、つまり既存のイメージの瓦解を指向するわけだが、この瓦解こそが新たなイメージの創出につながり、にわかに詩の言語を登場させる。

詩の言葉の生成感覚は現にある「いま、ここ」を宙吊りにし、詩人は言語の生命に寄り添うことで、新たなイメージの中で直接の生成として自らを表す。書く主体が現れ、想像力によって事物の通常の流れ（時間性や空間性）を捨て去り、詩の言葉が携える時間性や空間性に、詩人は旅にでるといってもいい。詩の動的な夢想は長い旅への親密な誘いともいえるのだ。

＊

そして、目指す地が見えないままに出発するこの旅は明らかに流動状態に巻きこまれている。主体が動的な夢想に身を任せれば、動性は虚構を帯び、そのことで詩の言葉はよりいっそう自己の領域を広げて、この上に主体が乗りだしていくようでもあるが、どちらが先導しているかを詩人はすでに解ってはいない。流動状態はこのようにして前進し、詩的対象をも前進させ、変容させ、力動的な心的現象といえるものが詩作品である。現前するのは旅の途上、詩的表現の道程、詩の領域の滞在記録であり、事物の通常の流れから遙かに外れ、いや、通常というものから越えでるためにこそ、詩的表現はあるのだといっていいのかもしれない。

越えでようとするものは、実際に感知された違和や抑圧からの抗いに端を発していても、流動状態はもっと深くもっと奥へと前進しているがゆえに、詩的表現においては何ものかへの超越を企図し始める。詩の言葉によって、それは無限という限りないものを夢見始め、想像力が純粋な想像力として自らを確認する場となり、想像力の源である詩人（隷属の弱者であっても）は、そこで自由ではあるが単独であり、征服と非征服、自己と非自己の交錯、進むとともに迷子になりながらも、心的なイメージを重ねていって、主体の私も加わりそうしたもの一切を含め形象化する。非現実の中の現実性が詩的表現に立ち現れ、開かれた想像の場において、こうして、主体の身体はどこか彼方を引き寄せていく。

＊

無限が彼方を呼び入れるのだ。主体の身体は、彼岸にあるものと傍にあるものが混然一体となる場に佇んでいて、もはや、実在する詩人は儚い影を残しているのみである。それは、詩人自身を覆っている現実的な事物をも儚い影にしていくこととなり、通常の価値や、その事物の持つ限界性なども剝奪していき、一切の事物が変形して内面化する。たとえば、海は海ではなく海であり、山は山ではなく山であるように。流動状態の中ですべてが転換されることを詩自体が望んでいるようであるが、当然のことかもしれない。詩の携える時間性や空間性に詩人は旅をしているのだから。すでに事物も人も、何ものにも支えられることなき場所に引きこまれている。

詩の中で、私流にこうしたことを詳細に語っている作品がある。個人詩誌「ぷあぞん」二十二号（二〇〇九年二月二十八日発行）の「水の火、儚く瞬時に底流するあでやかな光沢域から」から部分引用する。

おぼろげな破線はおぼろの高度で、ひとつの植物を育むごとく、どことなく回遊を強いてくる。それは、うるわしい旅立ちの様相で、まるで秋の出立のよう、樹木の種を変え、色鮮やかな紅葉を組み替えて、景色を変える。たどりつく場所を求めて、散らばる無残な種子のように、問いへの答えはつねに保留のまま、いや、それはすでに種子の中で腐爛していて、はじまりから腐爛していて、何もかもが無効となり、零の変化で何もかもが偽装してゆく。私自身も偽装しつづけ、移りゆくものは移りつづけて、おそらく、すべてが移りつづけて、定めのない放蕩がやけに自立し、対と対、他と他、それらがめぐる地上と天上の果てない吐息の、不安な流儀。緯度から経度へ、わずかに応答しあう口唇的な接点が、薬剤の効果をまとい、私の手前でゆるやかに開きはじめる。

一切の事物が変形していく様子を、ここでは、樹木の種を変え、色鮮やかな紅葉を組み替えて、景色を変えるという言葉で表している。「秋の出立のよう」という喩えがあるのだから、非現実の秋の景色に主体は囲まれ始めたのだ。種を変え、色を組み替えるということは根幹の変態である。通常の価値が剝奪され、それを零の変化と呼び、偽装という形容が、流動状態の中での主体の私も覆っていく。通常（日常）の私が消えていることを意味しているのだが、この存在の無効性が薬剤の効果として、癒しに通じる何かであることは、主体の祈りのようなものであるだろう。

この転換、この変形はもっとも内面的なものへ向かう運動だが、瞬間的な状態の漸時消失のうちに没し去ることなく遂行され得るのが詩の言葉である。想像力の動性、詩の言葉の運動は、在るものも無いものも絡まり合い、そこで言葉は、響き渡り聞き取られるために、空間を必要とし、詩空間は、言葉の運動そのものと化しつつ、同時に、聞き取る働きの深みと振動に化する。揺れ動くものとして、詩作品においては、在るものも無いものも儚い影を持つことで等価にあって、深みと振動に震え、存在の非決定性に怯えている。呼応して呼応して、詩の言葉はあえてそれに決定と形態を与え、息づく内奥の表出をかたどっていくだろう。

それが開かれているということである。何ものにも支えられることなき場は、放棄の位置であるのだから、留まり続けるために新たな生成を余儀なくされ、言葉は運動するしかない。それは生易しいものではなく主体は何かに背を押され続ける。存続が賭けられるからだ。安定した事物の世界に似た姿を取りながら、現実には、意味も持たず価値も持たなかったもの、ただし、そのものにおいてすべてが意味を持つように思われたものが、詩の言葉となって、起伏ある真実を語り、また虚構の共犯としての虚偽を語る。

＊

応じることで誘惑しては誘われるこの言葉の運動は、そのつど現れる対象との親和関係を助長させ、しかし、この関係は、どこまでも深く遠い距離があることを知らしめてくる。とどきそうでとどかない先があり、瞬間、手に入れたと思ったら離れていく形象は、在るものも無いものも、あったこともなかったことも、渦のように等しく生みだし、その限りない変動の地が詩作品であるだろう。境界はすでにない。主体は決してこの非現実性から解放され得ず、けれど、この中で諸々の存在物からも釈放され、存在は不在であり、不在は存在であるかのような変革の地が続いていく。

こうして、変動、変革の地である詩作品上の主体は現世から完全に離脱している。主体に応じる客体もまた現世から離脱せざるを得ないことを鑑みれば、ここに日常の生の様態は成立せず、実際の肉体から分離した主体と客体は、生の関係が停止した場での絡まりを表象していく。実存から解放された新しい現存が露わになり、それを詩の豊穣が生みだす真理だといってしまえば、夢見がちな発言だろうが、けれども、生の関係が停止した場は反照としての死の場に接する。死は場所との関係を停止せしめ、居る場所はなく、自身の位置もなく、それは自身の肉体から分離した主体の状況ととても似ていて、詩空間では生も死も流動状態にあるのだ。

そうした中で、詩人は身近な死者を作品に自ずと召喚するのではなかろうか。作品上の主体に身を委ねても、ある種の衝撃を昇華する方途として詩はあるのだから。無限定であり不確定であり、遠ざかったものも傍のものも混濁する、何ものにも支えられることなき場所では、生成感覚とともに何ものをも再来させる可能性を持っている。触れたとしても触れられなかったことが明かされてしまい、逆に、触れられなくても触れることができる有機的な場所としての詩。言葉の運動から始まる旅の表出にはこのようなひどく優しい効用も隠され、生者と死者の関係が、過去も現在も未定にし、現存の晴々しい息吹をかたどることもある。

＊

子供の頃、私の家は海の近くにあった。窓からは青かったり灰色だったりする海とその上の空が見渡せ、風向きによって、潮の香りがきつくあわく周辺を覆っていて、真直ぐな水平線を自分の目で確かめながら、私は日々を過ごしていたようだった。人の背丈を越える波が白い飛沫をともなって、地上に落ち、当たり前のことだが、その繰り返しが倒木や空き瓶などを砂浜に置いていく。海辺はささやかに変容を重ねていた。だが、夏になってさえ遊泳禁止区域であったから、人は近寄らず、いつも誰もいない、冷たい北の海が目の前に広がっていた。

十八歳のとき、この海で母が死んだ。正確には十九歳になる一か月前だった。私が地元を離れて間もなくのことだった。母の身体は三日間海を漂い、遠い街の船に引き揚げられたが、私が見た柩の中の母は、傷ひとつなく、ただ静かに眠っているようだった。安らぎすら感じられた。こうした経験のある私にとって、海はどうしても特別な意味を持ってくる。子供の頃に見続けた記憶の中の海という限定があるが、人が近寄らない身近な海は、人の世からの隔絶を肯定する力を感じさせ、荒い波がいっそうその感覚を強める。また、自然に汚辱はなかった。

汚辱なきもの。魅惑はここにあって、現実の呆れるほどの不純や不実や不毛の、現世的なものの全き否定を、人を寄せつけないあの海は体現していた。その境界を踏み越えて、現実の全き否定であの海に身を委ねることは、曖昧であろうけれども、脱色された夢や希望のようなものをも微かに含んでいたのではなかろうか。汚辱なき偉大なものに抱かれる。それは死して精神を生かすことにつながる、と私は考えたいのだが、海を介して、生から死へ、死から生へのこのような循環性は、私にとって現実に起こったことだ。
　こうしたことをテーマにしているわけではないが、同じく「ぷわぞん」二十三号から、海を描いている長い作品の一部を引用する。

　大地と海洋。人の生に地が蹂躙されるほど海へのあこがれは強まって、波のうごきはその永遠性を告げている。還元された系譜につらなることの夢がより透明度を高めていて、きらめきのなかに自己はなく、すでに汚点としての生の私は省略され、だからこそ、不可能な事柄に這い入って、どこか自由で解放され、あてないものの被疑に満ちる。審判がくだされるまえのとてつもない逃亡を海に託し、託せば終わらない波の飛沫の一端の、畏怖を忘れた聴覚が、あるいは盲を作りだし、耳だけを澄ますのだ。きらめきを聞こうとして、時制の狂いに分け入ろうとして、淘汰されたのはあなたと私であったのだから、あの分身の声から棄てられるのは私の本望、こうして、行為の烈開がうるわしさを知らせゆく。うるわしいだけではない。やはり、海洋のきらめきへの怖れも隠しもっていて、ふくよかな謹厳への、この豊穣で禁欲的な生成感にいつもながらに敗北している。私の声の遊動性は海辺の法を望んでいて、光の契機で、きらめきに克服され、捕えられない鉱石の純粋さが際立って、普遍と個物、質と量、未規定と規定とが混沌のうちに海に向かい、液化することで止められる具体の対立へ、そのように動的であることの声の湿度にまみれている。私の声が次の声へと、私の声があなたの声へと、声が声を重ねゆく、そんな無謀な関わりへと、うごめく総合体として、無意識の産物といえるもの、見分けられることで変換を望んでいたのだ。
（「一　なだらかな海に生まれゆくものの行方を」）

始まりは海の死者と同化しているようでもあるが、ここに死への憧憬はない。主体は泳ぐでもなく、溺れるのでもなく、海にいて、流動状態の中で詩の海を広げている。とてつもない逃亡とは、現実を廃したことからくるのだが、それをうるわしい烈開の行為として、全面的に受け入れ、海のまっとうな豊穣性（繁殖する生き物たちとその死を受態するなど）を夢見て、生成のために主体は海に添っている。日差しの輝きを反映して海はきらめいているのだが、耳だけを澄まし、きらめきを聞こうとする不可能な仕草は、きらめきの心象により没していきたいという願いがこめられている。海面で光は新しい調子を帯び、それは純粋性を思わせ、きらめきを言葉に内包すれば、その純度から、言葉を発する主体の芥も浄化に向かわせることができる。このような希望があっても、そうしたことは、あらかじめ不可能な仕草として表すしかない。

だが、変動、変革の地である詩作品はそれを許してくれる。不可能も可能もないような表象の中では、逆説的に不可能は可能となる。ここでの混沌にも、主体はより深く没することを望み、すべてを液化させ、液化することで止められる具体の対立へ、と具体という現実的なものを否認していた。海の中において、液化して流れだすことは、主体も事物も、固定化された世界から逃れ、その穢れから浄められることを意味し、かつ存在は無確定となる。想像のうちにあって、主体自身も無意識の産物になることを願っているようである。

海の豊穣と詩の豊穣。液化し、流れだして、あふれるほどのものであれば、豊穣として主体はそれらと連帯できる。海という動的な自然は動的な夢想に糧を与え、海という深層の場に漂い、そうして、主体は共感者としての〝あなた〟を引き寄せる。無確定の存在の主体に対峙する〝あなた〟も無確定の存在であって、この作品では実在の人物の投影を行なってはいない。無意識の領分からの創出であるのだが、淘汰されたという過去形は、明らかに溺死した母の面影が張りついている。私の声があなたの声へと、声が声を重ねゆく、という無謀な関わりは生者と死者の関わりでもあるのだ。

＊

このようにして、詩は、いきなり死んだ母が出現する場所でもある。無意識的に呼び入れて、主体は〝あなた〟に共同する寛容があることを信じている。見捨てることのできない不在の母は、存在する娘の私を見捨てることはしない。深奥でそうした希望があったとして、それが現象され、追憶ではないことが重要である。心象的実在が〝私〟と〝あなた〟のいまの関わりを生みだす。主体の不確定性ゆえ、いくつかの作品の所々に〝あなた〟という客体に母を被せて召喚している場合もあるが、ここでは母を主軸に描いた作品を紹介したい。第二詩集『密約――オブリガート』の「追記　晴れやかな不在に」である。後半部を引用する。

ひそやかな声をめぐり
ことさら盲目のまま
言葉をくだき
いくども
散骨の時空に漂う
しろい灰の放物線に
照らしだされる

あなたとの黙約を
きっと私は
果たしたりはしまい

あなたの背を眺めながら
位置はずれていく

まして
ふさわしい
これらの領野の
みにくい属性から
成熟しない発語を招き
とおいあなたの夢を問い
すずやかな岸辺にちかづき
凍えるほどふたりで波を受け
あなたと重なる瞬間を経ていても
つねにとどかない存在である
上澄みだけを告げてさえ
どこまでも潜んでいく欲動を湛え

うつくしい情景を捏造する私の指先を
やがてあなたは咬む

慰藉を飲みこむ?

あやうい
零度の
午睡をねがい
互いの像を抹消するため
もろい鏡の気化を請い
至近の陥穽にあわせ
失せていく光へと
ひろやかに
浮遊する
量感の
儚い摂理は
ほどける

作品に出てくる〝あなた〟は母である(といえる)。私の事情を知れば、どうしてこういう表現が出てきたかが読者の方も解るだろう。でも発表時、ほとんどの読者がこの〝あなた〟を男性だと受け取ったのではないかと思う。そういうことを私は予想がついたが、構わなかった。詩は事実を伝達するものではなく、読者に気持ちを解ってもらおうとする意図などなかったし、作品としての詩の昇華は別の問題である。

この作品での、「ひそやかな声」というのは母の祈りのような声であり、「盲目」とは主体の私が、その声を聞いてあげていないという自覚からくる。いくども詩によって母を召喚した私は、作品上で、いくども「散骨の時空(喪の行為)に漂」っていたという実感があって、けれど、「あなたとの黙約」などはない。母と約束などしてはいないが、母娘関係において、母が私に望んだことを私は知っていて、共通する価値感はあっても、それを叶えてあげるほどの人間ではないことが、こうした表現をさせている。「成熟しない発語」もまた、主体の未熟さ(望みを叶えてあげられない自分)を表すが、同時に、死者を追う詩の言葉の舌足らずな不甲斐なさも指している。

「凍えるほど」は、記憶の中の冷たい海の波を二人で受けるイメージだが、ここでは、現実（すでに過去）にあった出来事に二人でまみれたことと、詩の中で母の夢を問うたとしても、どうしようもないという諦めが、二人の距離感につながり、何かに耐え続けても二人の間の決着はつかないことを示す。だから、母は「つねにとどかない存在である」のだ。

「やがてあなたは咬む」は、詩の動的な夢想に、勝手に死者を引き入れ、非現実の情景を捏造する私の詩を書く指である。これは詩の対象となることや、この表象を母が納得していないのではないかという疑いからくるのだが、慰藉として受け入れてくれることへの期待が、「飲みこむ？」と疑問符つきでの表現になったのだった。

「あやうい／零度」は、記憶の中の海の冷たさと、現実と非現実の間の詩の空間を名指しているが、「午睡」という言葉で、主体はそこに居心地のよさを求め、それとともに母の海での午睡（居心地のよさ）も願っている。ここで喪の行為は終わっていて、「抹消」は、不完全に終わった母と私の関係性（この作品でも事実上でも）が、詩の世界において、表象は消え去ることが主体の前提であることからの、存在の確実性のなさからくる。「もろい鏡」とは母を反映させたこの作品であり、「気化を請」うのは、表象が消え去るなら、せめて天上（母のもと）にのぼるものであってほしいという想いからである。

言葉の運動と対象（母）とのゆるやかな調和はここで終わる。「至近の陥穽」は、非現実（詩の世界）と対立する現実であり、そこに詩の源になる光のようなものがいってしまい、また、それに連なるようにこの詩の世界も自身から手放されることを、「浮遊する量感」（言葉の質量）と主体は感じたのだった。「僂い摂理は／ほどける」は、現実を迎えることで、この詩が構築したものすべてが、分解されて散らばるだろうという予感を語っているのだが、そのほとんど無になること（失望）と、散らばることで何かが受け止めてくれること（希望）が、この言葉にはこめられている。

長々と自作の詩について説明を加えてみても、まったく十全ではないし、他の意味性も付随していることを感じながらの詩作であって、詩を矮小化させてしまっているが、おおよそ、この作品がこのようなものとして描かれていたとして、心的現象は読者の心的現象で受け取ってもらえればよいと私は考えている。私の詩の言葉からは現実的な後景は見えない。何ものにも支えられることなき場所は、通常の言葉の的確性に支えられず、作者は作者自身を放棄しているのだから、作者の意図を作品から探ることはできない。私の作品に限っていえば誤読はないだろう。

詩は、何を書いているかではなく、読者がそれを読むときに感じ取った何かで成立する。読者が詩に対して開いた空間に、開かれた想像の場としての詩を、読者が迎え入れてくれたとき、かずかずの混濁も含めて作品は成就されたといっていい。作者が言葉を扱いつつ、言葉に征服され、作者自身が己を書く主体に投げだしているということによって、読者の身体に、言葉に征服され、自己を投げだした主体が入りこみ、いわば、読者が想像のうちに詩を誕生させる。読者は受け身ではない。緊縛的であり、調和的であり、静謐的であるところの相互の生成。作者と読者は作品を完成させる協力者同士であるともいえる。

＊

読者に孕まれた主体となること。こうした考え方は私が読者を一方的暴力的に信頼しているゆえであるのだが、一定の読者を想定して、そこに向かって詩的表現を行なうのは誰もがしていることと思う。ただ、作者自身のことごとくを放棄するこの振幅の激しさは、私の個性であるのかもしれない。詩の進行中に〝私〟と対峙する〝あなた〟の多くは、非現実の中にあって、作者が投げだした主体を受け止める読者（密接な理解者）のような、〝私〟という主体を越えた大きな存在であるような〝あなた〟であり、すでに私は詩の流動状態に読者を巻きこんでいる。

たとえば、前述したごとく母が〝あなた〟という図式を説けば、私の作品の〝あなた〟はすべて母として読めるだろうが、そうではなくて、そのときどきの旅をしている主体に、密接な詩の理解者（あなた）が随行してくれている感覚が、主体の孤独を救っている。そこでは、不在であることで、天上にいる亡母も想像上の詩の理解者も、書く主体にとっては希求する存在者として、同じように重い価値がある。この作品では、母に強いこだわりがあるのだが、詩の言葉の生成感覚が、現にある「いま、ここ」を宙吊りにするように、現にある「いまの私の感情や感傷」も宙吊りにしてしまうことで、流動状態の中で、実存した（過去の）母は溶けかけ、私ではなく主体に応じた像としての母が立ち現れる。それが新しい関係性を表出するのだが、このように〝あなた〟として想像上の読者も、流動状態の中では母と区別なく立ち現れる。

それは、詩の言葉を経由するからである。不確定な主体が扱う言葉は不確定なもので、不確定な主体に対峙する客体も不確定なものとなり、流動状態での不確定性は、言葉が動くことに自在な膨らみを持たせる。こうしたことを可能な限り持続させるために、一語一語が実生活上の言葉とは違う様相を示す。生も死も、不在も存在も、混流している状態を深淵と呼んでみても、それらは白い紙の上にある。言葉を書きつけなければ、生みだされないものたちであり、それらを生成するため、それらを表象に位置づけるため、詩の言葉は多義的で多様的な意味性を抱えこまざるを得ない。そして、ここでの言葉は伝達を目的とはしていない。

＊

現実は現にあるものしかない。現実に使う言葉も現にあるものしかない。非現実にて使う言葉も現にあるものしかない（造語などを別にして）という窮屈な試練が、詩の言語にはある。流動状態において、慣れ親しんだ通常の言葉たちの居心地のよさが地滑りを起こし、分離することは、主体にとっては言葉の喪失に等しい。あらゆる手段の欠如から始めるしかない主体は、詩の言葉を自ら生みだすしかないのだ。

そして、詩のために生みだされる言葉たちは、音や形や想念などにこだわる独特な気流に乗せられている。感覚的な価値が重視された言葉の変貌は、主体がそれを用いて何かを描くことで、そのつど新しい意味を生みだし、生みだすために生まれる言葉が循環し、詩の次元で生命活動が執り行われ、現実的な物事を解きほぐす役目も果たす。何ものにも支えられることなき場は、作者にとって未知であるという一点において、その間、可能性に満たされ続け、変動可能な世界ゆえに、無限や多様性や豊富さという生命の生産的な様態が充満してくる。

こうした状況が特性として詩に取りつくことで、詩の言葉は増殖するのだが、作品という囲いの中で、言葉の組成や言葉の運動は一定の均衡をはからずを得ない。連続性はそれなりの体系を創りだす。その中にあって、増殖とは、イメージが前述したイメージを喰らい、次のイメージを生みだすことにつながり、生みだされた意味は死して次の意味を生みだすことにもつながる。新しい意味とは新生の謂いであるのだから、詩の空間は、生成の分だけ死滅が隠されてあることになる。

生は死を喰らうのだ（私が死んだ母を解釈し続けるように）。または、生のために生を投げだし、死を生に与えて、（母が私にしたことのように）生成を生き延びさせる。詩の中では、死者も生者もこの状態に組みこまれるために等価性を帯びる。どのような言葉もこの法則の下にあり、生成を続けていく。

＊

だからこそ、詩作上の私の実感からいえば、生みだされた詩の言葉たちは、瞬間、命を受けて死するものであって、人間の存在に近い感覚がある。詩空間では、人も事物もそれらを表す言葉たちも、多角的に立ちのぼる何かであって甲乙はない。ひとつの言葉にすら、うごめく想念があるとする。この想念のどこかに主体は反応する。その言葉に貼りついた想念は、もしかすると主体の反映、主体が視る幻影でしかないのかもしれないが、言葉が主体を招いてくるという感触がある。出会いである。

同じ言葉でも新たな出会いがあるということが、新しいイメージを創る余剰を与えてくれる。例えが非常に現実的になってしまうが、同じ人間でも、ある場面ごとに引きだされる性質は微妙に違う。子供の前では親の顔になり、詩人の前では詩人の顔になるように、ひとりの人間でも多面的であって、ある一方からだけではその人を語ることはできない。それはほぼ関係性によって決まるだろう。生みだされた詩の言葉も同様に、言葉のある側面（顔）が新しい言葉を呼び、その言葉のある側面（顔）と結びつき、こうした繰り返しの果てに作品が形成されていく。そして、そのときの言葉の関係性は、瞬間的であり一度きりである。これが、現実的な人間関係とはまったく異質な非現実的な関係性を育むことになる。一度きりの瞬間性のための関係。詩の言葉と言葉の関わりは、まるで喪失の準備のための徒労にすぎず、多様な意味性は多様ゆえに無に等しく、極言すれば、詩の言語は、詩の中で熱い回遊を経たあと消滅するのだ。

詩は事物の実在を語っているのではなく、無（死）と有（生）との間でおのずと均衡をはかった言葉で物事が綴られ、言葉を置く時点で有（生）を目指してはいるが、その作品でしか通用しない表象であるゆえに無（死）は前提としてある。だから、そこで創られるイメージは次々と流れ去っていって、非現実の中で、言葉は追及物のひとつとして、瞬間の出会いを表出しつつ、完全な有とはならずに、実現できないものへの希いのうごめきとして、他のどこかへと、移動や飛翔を試みるばかりであるのだ。こうした詩の言葉によって、私は心的現象を読者にひたすら渡し続けている。それは、作者の内部世界を読者に差しだし続けているという感覚に近い。言葉を扱いながら、通常の言葉では伝えていないという大きな矛盾は、受け手を圧迫するけれども、作品内（作者と言葉）でも作品外（作品と読者）でも、身体の内部において交感し、現実よりももっと深い互いの関わりを私は求めざるを得ない。

*

無と有や死と生などの基幹的な不明性を抱えこみ、存在に関して相反するものが詩の表象をかたどっていると して、しかし、その作品内での言葉の生成は、生きている主体の身体がもととなっている。想像の動性によって、発語が始まるのだが、書く行為であっても、そこには現存する作者の心拍と呼吸がまず先にあり、それは人における自明な生命活動の根本であって、詩の言葉における生命活動はその上を流れ、詩人の息が、詩の言葉の力動性を助けている。詩作品は詩人自身の気息によって統治されているといっていいほど、これは根源的原初的なものだ。表記するという行為の一方で、詩の言葉は、呼吸の震動的な接続で動かされ、気息は言葉の運動の過剰に対して感覚的なつながりを与えてくれる。

扉、穢された胎児のかたくなな足裏に、
しばしば自在でほがらかな魚がおよいでいく
透過性の追慕、手遅れの追認、原初のたび、ふさわしい鍵をさがし、
ゆえに皮膜の残余、ぼろぼろとはがれる意味、危機と忌避とをあてがって、
錯覚、痛覚、知覚、触覚、さまざまに散らばる円環、これら空回りの、
すがすがしい朝日に寄りそってさえ、

黙秘する、黙読する、黙認する、いや、否認し、
投げだす肌はなまなましく誕生したばかり
産声と叫び、変わらない、別離と遭遇、性癖と苦役につき、
けれども効力のない薬を飲み投薬の頻度をかぞえる
空洞から空洞へ、喪失から覚醒へ、
逃れるより惑っていって、
なおも燃える木……
（「ｖ いっそう半睡のしろい切片、手と足、そして」）

詩集『雪のきらめき、火花の湿度、消えゆく薬のはるかな記憶を』からの引用である。二十二ページという長

い作品のごく一部であるが、こうした部分は自分としては特異な呼吸感覚で生みだしている。だから、すべて一行開けてあり、読点も使っている。息のためだ。他の部位ではそうしたことを私は行なっていない。詩は言葉の世界だが、この詩集では、ひとつの作品の中でいかに内的リズム（自身の呼吸）を自在に操れるかというのが試みにあって、おのずと広い空間が必要となり、作品は長くなり、目次もなく、長篇詩として一冊に収めた。

引用で明らかなように、追慕と追認、危機と忌避、錯覚や痛覚や知覚と触覚、黙秘と黙読や黙認など、同音や類音によって言葉を呼び入れ、音的なものが言葉の意味性よりも優先され、いつもより表現が恣意的である。読点は呼気のように吐きだされて言葉を断ち、音韻を楽しんで、一行を開けるのはその跳びだした呼吸を整えるためでもあった。散文の言葉では、これはできない。作品の中では部分的なものだが、前後の脈絡をゆるませ、言葉の衝動感覚をそのままに詩の空間に放って、このような方法で、詩的臨界に触れることが第一義にあったと思う。

こうした実験ができるのは、詩の言語との一体感のため、呼吸と言葉を接続せしめようとして、詩人が身体に音感による内的リズムを生みだすことによる。一見したところでは解らない、紙面に漂っているものの重要さが詩には多大にある。私が流動状態と名づけているのは、こうしたことも含んでいるのだが、それは、言葉の指示性や表意性などの底にある、表象内容以前のものも流れているからだ。音にならない主旋律のような呼吸が、詩の言葉の区切りや抑揚を呼びこんで、音韻と韻律の構成的な流れを創り、いわば、概念としての言葉を壊し、作者はそれを体感しつつ、それゆえにいっそう自身の感覚的なものが鋭敏になり、言葉を手繰り寄せていく。書き言葉であっても、気息を通じて、言葉と作者はつながっている。

＊

詩人の呼吸がじかに詩的直感と通じ合うことで、各々の言葉が個体発生のうごめきを帯びる。私が詩の言葉を、一瞬、命を受けて死するものと感じるのは、作者によって言葉に加えられる生の息が、実存的に思えるためもあるかもしれない。書く行為の産物である詩の言葉は、音声の表記物でもあり、その音声を支えるのが息であるのだから、詩の言葉がどんなに多重な意味性を抱え、重たい印象を与えても、言葉は空気的実在として浮遊の体積をも併せ持つ。束縛を受けない言葉。それが想像の動性に拍車をかける。ゆえに言葉は、主体からみれば、多角的に立ちのぼってくる何かであり、指示行為の不確定性が際立つが、日常の硬直した規範に抗して、想像的な世界へと向かう生理は、対象を指さない未分化の域で、この自由を得ることで発展できる。

そうして、呼吸の力動的な図式が、詩人の内的な言葉のざわめきを統べ、それが言葉を詩の言葉へと純化させて、詩が発語する。思考や観念や感情のさまざまな断片がまとめられ、調和する感性の産物（詩）は、こうした所作の運動そのものが幸福な精度に満たされるのではないだろうか。詩人が詩を望んでいるのならば。無も有も生も死も詩への意欲の途上にあることで救われ、動性が携えた諧調の中にすべてが織りこまれ、対象が詩の空間で変異することは対象の飛翔である。このとき、詩人も日常から飛翔している。それが作品行為の裏にある人としての尊厳が守られる位置を創る。

だが、作品は終わる。詩人は現実に戻らなければならない。しかし、それは旅をいったん休止する態のものであって、彼方にあるものに向かう想像の運動は、隠されているだけである。それはどこにも到達しない探求の道筋を示しているが、精神的なものの拡張と、内密的なものの踏査に誘われ、詩人は詩の継続を希求するしかなく、現実と非現実を果てなく往還するしかなく、つねに新しい結晶としての詩の言葉を求めるしかない。そのようにして、いや、そのようなものであるからこそ、詩はどこまでも深く広やかな展望の場となり得る。

（2012.1.23）

作品論・詩人論

松尾真由美さんへの手紙

岩成達也

　これは私信です。公開を前提に私信を認める非礼さは私とて十分に承知しています。だが、二年ほど前、サシでお話しをする機会を逃がした私にとって、松尾さんらしい犀利で見事な「私的詩論」を目の前にし、お尋ねしたかったことの過半が解消したいまこそ、その時機かと思い、お手紙をする次第です。

　単刀直入に行きましょう。第一詩集『燭花』に触れたときから、言葉が言葉を、行が行を引き起し、それらが重層しつつ全体に及んでくる、言葉の純粋な自己運動とでも言うべき松尾さんの果敢な試みに、私は深く魅了された者の一人です。勿論、これに近い試みはいままでにも少なからぬ作品で行われてはいましたが、ここまで徹底的に、しかも「自動筆記」ではなく、完全に主体（しかし、この場合の主体とは何でしょうか）の制御のもとで行われる営為に、私は接したことがなかったからです。と同時にこれらの作品群がわが邦で受けるだろう手酷い扱われ方を心配したことも事実です。

　一方、松尾さんの作品群を読み進めて行くうちに、次第に私はあることが気になるようになってきました。一口で言って、語彙や記述法の反復の頻度です。言うまでもなく、言葉に純粋な自己運動を強いるということは、ある意味では言葉から伝達の機能を切り落す（松尾さんは宙吊りと書かれていますね）ということですから、そのままでは空転するなと言う方が無理な仕事なのです。おそらく早い時期から作者がそのことを明確に意識していたことは、作品そのものが証ししている通りでしょう。で、どうしたのか。松尾さんの場合、言葉はひとまずは「主体」の制御を通って運動場へと出てきますから、そのフィルターを少し揺すってみたのだと思います。どのように？　あたかも体（肉）――例えば、死とか性愛とか――が、意味の裏側で蠢くことを許すかのように。と同時に、記述も、一行を独立させたり、行分けを認めたりと少し動かし始めます。

　私はこのような揺すりがよくないと言うのではありま

せん。例えば、記述法の揺すりは言葉の運動に微妙な変化を与えるでしょうし、体の蠢きと見紛う語彙は（失礼な言い方になりますが）ポストモダン以降の色彩の強い語彙群の中にあってはかなり鮮烈な手触りを与えるでしょう。だが、肉の「におい」は、言うまでもなく、読者の勝手読みだということは歴然としているはずなのです。読者の問題については――読者の読みに詩の成立をかけるという松尾さんの考え方は、詩を想像力の問題として捉え、まず言葉を日常性から切り離し、手垢のついた意味を削り落して宙吊りにするという基本的な立場からして、しごくまっとうな考え方だと思います。だが、多くの作者が経験するように、読者とは残酷な存在で、作者の意図とは関係なく、自分がみたいことだけをそこにみるのです。

「私的詩論」の中で、母御の水死のくだりなどを目にしますと、松尾さんの味わわれた誤読の傷の深さなどが思われ、私などには痛ましい気持ちさえ起ります。とはいえ、嫌な言い方ですが、詩人は唯一人で、自分の書きたいものを、自分の書きたいように書くしか途はありません。丁度よい機会ですので、前から松尾さんの考えを聞いてみたかったことを一つだけ最後に質問させて下さい。率直に言いますが、私が一番気にかかっている作品集は『不完全協和音』の「秘めやかな共振、もしくは招かれたあとの光度が水底をより深める」の一冊です。私は最初評論集かと早とちりして、読んでも読んでも「何も書いてない」のにとまどいました。勿論すぐに、「共振」（～に寄せて）を言葉の運動場にしてみた新しい試みの作品集だと判りましたが。だが残念なことに、ここでの共振はかなり不自由なように私には感じられました。何故。多分、問題は言葉の自由運動の行方と深く結びついているでしょう。

想像力、想像の脈動、かくて「詩的表現においては何ものかへの超越を企画し始める。詩の言葉によって、それは無限という限りないものを夢み始め、想像力が純粋な想像力として自らを確認する場とな」る。これは松尾さん自身の言葉ですが、これ自体は限りなく本当のことだと思います。しかし、「無限を夢みる」とはどういうことでしょうか。例えば、言語の底（ハイデガーの「存在の語り出し」）まで降りて行く、あるいは逆に（デリダの言い切りだそうですが）「始源」や「真理」への郷愁をきっぱり断ち切る方向へ行く、まだ他にもあるでしょうが、要は運動をどこへと方向づけてやるのか、がいま考えるべきことではないでしょうか。とはいえ、松尾さんの優れた感受と知の資質、持久力は、多分瞠目すべき展開を見出してくれるものと私は固く信じているのですが。

（2012. 5. 31）

水と柩と指先をめぐるあえかな旋律　笠井嗣夫

「ぷあぞん」の世界

詩を書くことが、人間の諸行為のなかで、身震いするほど根源的かつ本質的な営為であるということを、松尾真由美の作品は明確に指し示す。書くとは必死の行為である。そこでは、現実の時間が別なる時間にとって代わられる。おそろしいほど加速しつつ、あるいは予想外の遅滞を呼び込みながら。その〈時〉の過程で、書き手に潜在するあらゆる要素が言葉へと引き寄せられ、集中させられ、詩句として解き放たれる。感情も思念も身体感覚も、すべてはこの〈時間〉において不断に遭遇し、振動し、生成する。これが詩を書くということであり、松尾真由美は、この行為を愚直なまでに実践する詩人、誤解をおそれずにいえば、詩的原理からいってきわめて正統派の詩人である。

第一詩集『燭花』上梓は、一九九九年三月。二年後に、第二詩集『密約――オブリガート』が刊行された。この二冊の詩集に収められた作品の多くは、松尾の個人詩誌「ぷあぞん」初出のものである。『燭花』冒頭の「水の囁きは果てない物語の始まりにきらめく」は、「ぷあぞん」5号に、『密約』冒頭の「追記　晴れやかな不在に」は11号に発表された。『燭花』は散文詩集、『密約』は行分け詩集という、スタイルの相違はあるが、どちらも緊密にまとめ上げられ、独自で堅固な世界を形成している。そして詩集としてまとめられる前段階として、より混沌とした言葉の星雲が「ぷあぞん」を中心として存在していた。

　それ以前にも、たとえば江原光太編集の「面」、天野暢子や水出みどりの「グッフォー」といった詩誌に数多くの作品を発表していて、松尾真由美の詩的なスタイルや中心的なテーマは、すでに確立されていたといえるのだが、「ぷあぞん」の果たした役割は、やはり決定的に大きかった。

　個人詩誌は、装幀、ページ数、発行日などのすべてを刊行者である詩人が自由に決定し、細かな制約なしに書きたいことを書きたいように書いていつでも発表することができる媒体である。九五年七月に創刊された「ぷあぞん」は、鮮やかな紫色が主調の表紙を開くと中表紙にはドローイング「痕跡と循環」（林玲二）が挿まれているという瀟洒なつくりの詩誌であった。「遠い夢　こごえる羽ばたきをゆだねて」と「かじかむ指は耳鳴りのなか　ちぎれた記号の影を遺棄する」の散文詩二作（詩集未収録）が掲載されている。

　タイトルに「こごえる」「かじかむ」とあるのは、当時、この詩人が中川郡美深町という、北海道のなかでも札幌や旭川などよりずっと北に位置する土地に住んでいた事実と無関係ではあるまい。誤解されることも多いようだが、松尾の詩はけっして過剰に観念的なものではない。抽象的な言葉は多く使用されるが、詩の形成過程で具体的な身体性と出合い、解体されたり溶解されたりしながら、あらたな詩語に変容する。また、松尾の詩が身近な生活や風土とまったく無縁であって不都合なことはなにもないとはいえ、実際の作品に即するなら、両者は完全に切断されてはいない。たとえば二作目の冒頭部分、「降りつづく雪がかなでる旋律は中空から舞いおち　し

ずかな感応の　ゆるやかな抹消はいくつもの惑いの痕跡をおおって　胸にかくした痛みをふさぎ　白の景色のかさなりに　手放したはずのとおい夢が私の窓にもどってきて　硝子にはりつく小さな結晶が溶けるつぶやきをあらわし」を一読するだけで、酷寒の地で生きるものの感覚がくっきりと伝わってくるはずだ。冬の寒さのなかで北国の人の指は「こごえ」「かじかむ」のである。

松尾の作品から自然や風土の指標が無視されがちなのは理由がある。思念性や身体性の表出がそれよりずっと強烈だからである。作品内で身体は、「あなた」という他者やさまざまな観念と、相姦しつつ変容していく。あるいは癒されたり穿たれたりする。それが松尾真由美の詩の核心だということは、虚心になって読めばだれでもわかることで、あえてこの場で詳細に解説するまでもあるまい。

身体をめぐって用いられる言葉のなかで、しかし指が特権的な位置にあることだけは指摘しておくべきだろう。「悲鳴をあつめる指先」「夢を裂いたとおい指」「指先の出血」「指の冷めた知覚」というように、あらゆる作品において指は頻出する。もともと身体器官としての指は、主体と世界の接点をなす。触覚によって、他者（＝あなた）の存在を確認することができる。おなじように、他者もまた指で触れることによって私の存在を感覚的に確かめてくれる。ピアノの鍵を叩くと音楽（律動）を生み出しもする（学生時代に音楽を専攻した彼女は、一時期ピアノ教師として生計を立てていた）。さまざまな意味で、指先は私と世界との接点をなすものであり、指あるいは指先が頻出するのは、自己と他者の関係性を問いつづける松尾の詩の本質からきている。

もちろん、松尾の詩的タームのなかには、身体性とはほど遠い語がないわけではない。たとえば、〈柩〉である。柩とは、遺体を入れて葬るための木製の箱のことだ。身体性の特徴が、つねに動くこと、運動し変化することにあるとするなら、静止体の容器としての柩はその対極に位置する。にもかかわらず、「ぷあぞん」の詩群でみるかぎり、松尾にはこの語への強い偏愛がある。「くらい強度で封じられた柩」「用意された柩を私の失明が遠ざける」「さまよう発作の柩」「柩をめぐる空隙」というように。松尾にとって柩とは何か。

半睡にたゆたう胸椎はあえかな律動をともない　立ち
のぼる像の亀裂に水の翼の言葉を閉じこめ　渦の遊離
はひとつの物語にも属さず　破砕の気配をしめす　ず
っと以前から積みかさなった私の底の死者の声に　操
られる指先の恣意　うつろう羽音とまじわり　発熱の
点描をつづけ　あなたの形の密度の彼方にひそやかな
目覚めをささげる　避けられぬ難破のような葬列の強
度をまねき　うつくしい水死の幻影を追いながら　抱
かれた背の記憶につつまれて　見渡すほど私はとおい
俯瞰図に溺れる

（「水の囁きは果てない物語の始まりにきらめく」最終連）

この作品は、「ぷあぞん」5号（九七・八）に発表され、多少の手直しを経て第一詩集『燭花』の冒頭を飾った。詩人の環境から詩を語ることに決定的な意味があるとはいえないし、場合によってはミスリードの危険もあるのだが、つい最近になって松尾真由美自身が「私的詩論――回流・転換・消えゆくものへ」のなかで語っていることでもあるし、この場でもひとことだけはふれておくべきだろう。それは、この詩人が北の海辺で育ったこと、若き日に母が海で溺死したことである。その体験はそれ以降、名状しがたいほどの緊張感を松尾の精神と詩作にあたえてきたのだが、この文章ではそれら一切を根源的な「海の豊穣と詩の豊穣」として深く抱え込み、みずからが詩作へ向かうダイナミズムへと転化している。これはすぐれて感動的な詩論である。

　ここに至ってはじめて私たちは、「燭花」という詩集タイトルのもつ重要性に気づくだろう。燭花とは死者に手向ける火であり花なのであった。また「水の囁き」とは、海の囁きであり、亡き母のかすかに私を呼ぶ声である。そのように読むことができる。あるいはそのように読むべきであろう。

　個人詩誌「ぷあぞん」は、札幌に転居後の8号（九九・二）より、体裁を一新して、質量ともに読者を圧倒する。装幀・レイアウトは岡部昌生に代わり、毎号、表紙や見返しに彼の作品がふんだんにつかわれる。本文だけでなく奥付の位置やフォントにいたるまで細心の注意が払われ、各号が、詩人・松尾真由美とアーティスト・岡部昌生とがコラボレートする高度な芸術作品となった。毒物を意味するとともに、とびきり個性的な香りの名でもある「ぷあぞん」は、いまだ刊行中であり、詩集未収録の作品も多い。あるときはピュアな、あるときはやや危険な匂いを帯び、リズムと速度は原初の、そして未知の痕跡をめぐる。

創刊から十七年。もはや、松尾真由美が「ぷあぞん」であり、「ぷあぞん」が松尾真由美である。両者はすでに一体化して、私には見分けがつかない。

（2012. 6. 18）

地上の星よ　『不完全協和音』について

中村鐵太郎

松尾真由美には、オブリガート、メッザ・ヴォーチェ、コンチェルティーノと副題のある詩集があった。音楽用語で、順に主旋律に付き随う副旋律、高からず抑えた声で、そして小ぶりの協奏曲を意味する。よく構成された詩集が、一般に全体でひとつの喩のかたちをもってある方向なり対象を指し示そうとするものだとすれば、これらの副題があらかじめ主たる方向とも明瞭に声高いものとも反対側のものを示しているのが注意をひく。けれどもこの詩人の、誰がみても調子の高い、高すぎるほどの言葉――ただし熱くて、ではなく冷えて高いのだが、そのことを考えれば副題の真意はとうぜん反語であって、主旋律、声の高い表明、大きな協奏曲をつつましく待機するどころか、可能なかぎり微分接近しながら、それらの存在の不可能性を、……さしあたりみずから体現してみようとする、そんな企図であろうことがうかがわれる。

今回の三部作はそのことをさらに大きな振幅で繰り広げる。やはり音楽用語の「不完全協和音」と、これは総題ととれるものがつく。原義的には「完全」に解決されることを待機している宙吊り状態の反調和である。装幀からしても、闇のなかから浮び出てきたような二冊の黒い本と真っ白な昼の一冊で、ここには明瞭な対立があるが、しかし三はまた永遠に解決しない二／一でもあって、三種の本文でもあらゆる対立は複雑に三（ないし無際限の複数）に分岐し、溶解し合い、別のかたちになることを反復するようにみえる。いつものオクシモロン（撞着語法）とパラドックスの奔流からなる松尾真由美の「冷えて高い」調子は、三部を通じても変らない。「せめて／乾いた種子／美しく播かれることを／ねがう我執に浸っていた」——ささいなイメージにしてもそれが結実することからいかに遠いだろう、それでも「なお語ってゆくものの匿名的な覚醒……」という。ときに「完全」調和のはるかな響きをうかがわせても、それはすぐに解かれて消散するし、詩行が与しやすい岸辺にながれついて憩うことはなくて、その持続の意志がこの三部作ほど決然と示されたことはなかった。第二冊では五人の詩人の作品を対象に詩人は「共振」をいうけれど、そこには同時にえんえんと招かれざる異文が生成しているようで、それが対象に接近しようとしては遠ざかるサイン曲線めいた不随意運動を意志するという複雑骨折がみられるが、それすら理由のないことではない。

反語のわりにはきまじめで、こうした語法自体、現代詩ではもう定法となり果てたゴミの山だと思われるだろうか。だがその山へなお孤独に狩を進めるのをみていると、言葉の運動がいつのまにか悪無限に陥るまえに、むしろこれが演歌にも似た身振りであることを思ってみたくなる。現代の詩が演歌であっていけないわけなどどこにもない。古代からそういう歌をつむぐ者をラプソディオスといいならわすのである。歌え、松尾真由美、「地上の星は、今どこに、あるのだろーうッ」て、みよここにも高価なオクシモロンがひとつ、隠れた光をはなっているではないか。

（「現代詩手帖」二〇〇九年十二月号）

松尾真由美というマテリアル

小島きみ子

信州の紅葉が始まって、県内でも特に寒冷な北部地方では、すでに初冬の寒さというとき、松尾真由美さんの真っ白な雪闇を思わせるような詩集『雪のきらめき、火花の湿度、消えゆく蘂のはるかな記憶を』が届いた。『不完全協和音』三部作の完結編だった。その前に黒い函入りの二冊セットの詩集「儚いもののあでやかな輝度をもとめて」と「秘めやかな共振、もしくは招かれたあとの光度が水底をより深める」が届いていたので、その仕事の量とパワーに詩集を読む前に、「おお」と驚きの声が漏れた。二冊セットの詩集と書いたが、「秘めやかな共振、もしくは招かれたあとの光度が水底をより深める」の方は、五人の詩人の詩集に寄せた松尾真由美の詩語の「秘めやかな共振」である。彼女の深奥が他者の言葉に招かれて、詩語の光が通った跡を、水底に誘われるように言葉の内臓の深部に吸い込まれていく。読み進むたびに、その呼気が脅かされる息苦しい衝撃。水底の深淵はこの世界と親密な言葉の捏造された異形の世界。これは詩形を用いた書評でもあって、豊饒な現代詩の成果がここにある。

囁く文字の声

彼女はピアノを弾く人なので、文字で表された人間の声の音程について音楽用語を用いているのかもしれない。それは今回に限ったことではないのだけれど、「不完全協和音」という音楽用語のタイトルの意味を一応述べておくと、「協和音」はよく調和し合う音のこと。この音程を協和音程という。これには二種類あり、調和の度合いが強い音程を完全協和音程、やや弱い音程を不完全協和音程という。この詩集で囁かれる文字の中の声は、やや弱い音程であるということであるかもしれないが、声の漏れ方、息の漏れ聞こえるさまは落ち着きと心地よい響きを伴っている。詩集の文字を眼で追ったあとに、すぐに彼女自身の「不完全協和音」な「やや低い声」が聞きたくなって、お電話すると懐かしい声に長い話をしてしまった。今回の、一年に三冊の詩集を発行するという美技は、松尾真由美の個性をさらに印象深くするものだった。

「接吻」を感じる言葉

三冊の中の作品の言葉を追って、あるいは部分を拾って、それを解説すること、何かを言おうとすることは、なんだかとてもつまらないことのように思える。ここにある言葉を身体で感じて欲しいと思う。まず、息を止めて、息を聞けばよい。そしてもっと息を吸えばよい。たとえば、一冊目の「儚いもののあでやかな輝度をもとめて」の、「果てへのはじまりあるいは晶度を」八行目にすでに熱い息が「接吻のための軌跡をえがく行いであるからこそ」ここにある文字と声は、たしかに紙の上に彼女の息の漏れた跡の文字がある。「接吻」、それは響いた息が、求めた文字であろうけれど、彼女の魂を奪った何者かが彼女につけた疵ではないのか。この最初の「接吻」のあとに続く長く深い息。「あたかも月の頸部／新芽の血潮が／未熟に／熟す」場所。それは、遙かな場所から誘われた未知の者とともに過去の光がつけて行った影であったのか。くらい木々の狭間に見え隠れする文字の「千切れた根の行方」を読者もまた「ひとりで」追ってゆくばかりなのだ。文字と文字、言葉と言葉の中に深く低く漏れ聞こえる低い声の息の重なりに浸ることだ。

松尾真由美を現象させる

第一詩集『燭花』から、今回の詩集三部作に至る彼女の詩の言葉の方法は、「言語による言語の創造的解体」であったと思う。彼女の文字が纏う衣服は詩的認識の文体と詩的創造の文体が結合したものだった。彼女の複雑に成熟した個性による女性性（ジェンダー）と、セクシュアリティによる「脳」が見ている映像だったからだ。今回もまた、詩の言葉遣いについてはこれらの延長上にあると思うけれども、世界の偽装として、脳が見た映像を開示するセクシュアリティの散文詩という文体の完成は、松尾真由美を超人の域へ追い込んだのか、はたまた女性という種族の圏外へ彼女を連れ去ったのか。言語が描いてみせる言語自体の快楽につぐ快楽、悦楽につぐ悦楽の果てであって、もうそれは松尾真由美を現象させているとしか言いようがないものだった。

世界は偽装している

松尾真由美における感情、というものについて考えてみるとき、たとえばその方法に九鬼周造の『「いき」の構造』にある「体験の芸術的客観化は必ずしも意識的になされることを必要としない」というところを考えてみたのだが、松尾真由美によって表現される言葉は、彼女は感情が、意識となる以前の感情の始原へ下降していると思うのだ。世界は偽装していて「体験の芸術的客観化は必ずしも意識的になされることを必要としない」というわけなのだ。詩の方法において、自己自身を認識することや、無意識を意識化させることなど彼女には、もう必要がないのだ。女性性を偽装させるために、体験的意識となる以前の感情へ遡る方法が、自分の内臓へと目を落としていく。それは、内臓の襞の一つ一つに人間の表層を借りて、「たどたどしく」言語を語らせている。そこにあるのは表象の「偽装」であって松尾真由美は現実を離れて、女性性という「性」を解放して彼女の深部を開示している。人間という輪郭の深部だ。それはエロスという言語の深部でもあり、ここで「接触」しているものは、過去から送付されてくる言語の意味の「芯」であり、エロスのエチカという芸術行為であるだろう。松尾真由美のエロスはプラトン哲学での真善美ではなく、ギリシャ神話の愛の神アフロディテの子でもない。彼女は、自己自身を獲得するために自己を引き裂くのではなく、意識の淵へ降りていくことによって解放と開示を同時にやっている。自己催眠なのか、レム睡眠なのか、サイコセラピーなのか、このトランスはいったい何か。

外部との融和によって

外部との融和によって、世界というトランスパーソナルが送付してくるものを受け容れているのかもしれない。自己自身と世界とが「一つ」であることによって得られるトランスは、性の存在を棄てるのか、精神を棄てるのか、その境地は不明の領野だ。神とともにある精神は、引き裂かれる自己自身を再び統合することによって、神の愛によって「心」と「身」が一つになっていくという、キリスト教神学のロゴスは男性性であって女性性ではない。女性という種族が、「発話する主体」を男性のロゴスではなく女性の言葉で女性性を自己自身の「内」に取り戻す方法を知るのは、「種」としての性の存在を放棄して、「種」としての性を開示するのか、ほかにどんな方法があるのだろうか。改めて言うまでもないが、自分の性を単純に述べることとは女性性（ジェンダー）の開示ではない。言葉という媒体によって、詩を選択すること。それによって獲得したものは、「美学」とマテリアルな「精神」とでも言えばいいのか。「身」が不安定になっていくときに、脳が見るもの感じるもの。ここに原始の記憶が関わっているように思える。手は目が見ているものや耳が聞いているものを書かない。手は、「脳が知っているもの」を書くのだから。

「gift」と「hymen」

人間の輪郭と言語の輪郭への接触の方法を考えてみる。古代ゲルマン語の「gift」は結婚を意味する「贈与」であると同時に「毒薬」を意味した。「毒薬」は彼女が発行する個人誌の名前と微妙に符号する。それはそれとして、女性の精神と言語の歴史を考える上でとても重要なのは「gift」と「hymen」であると思う。「hymen」は「婚姻」と同時に「処女膜」を意味する。女性の身体の「内」と「外」を分かつ「hymen＝婚姻」は、部族の内と外を分かつものから、社会構造の中で、やがて女性が男性の所有物になっていくという過程がある。女性の価値が贈与交換としての経済と、他部族との女性の交換による結婚制度として、部族社会を国家へと統合していく。この制度には、近親相姦のタブーが含まれていく。ここにキリスト教ゲルマン語圏の父性主義の文字言語による、ロゴスという精神を男性が獲得する長い歴史が横たわることになる。ゆえに、「世界」とは、男性の精神をなぞる言語であったのではなかったか。

アダムを捨てた、人工のリリスのマテリアル

あらゆる芸術が表現しようと試みていることは、地球という特殊な生命環境に暮らす生物の生と死の神秘であ

るだろう。それは命を生み出す肉体の神秘で、女性というセックスと男性というセックスがあって人間の「命」は誕生し、やがて「死」に至るそれまでの過程を、ポエジーによって物語ることだと思う。この現実が空虚で絶望的であればこそ、人間の深層意識を超えた第四層における「神」との出会いを求めるはずだろう。神は、人間の絶望や悲惨が好きなのだから。悲惨で絶望した人間を、神は「犠牲」という独特な方法によって愛するのだ。テロも戦争も、神が人間に突きつけた「犠牲」そのものではないのかと思う。

松尾真由美の詩は、美の領域に存在するエロスのエチカであって、それによって読者は、すでにそこに現象している松尾真由美という物質を受け取るのだ。それはあまりにも孤高な松尾真由美という贈り物で、もはや、メルロ＝ポンティが言う身体という身の裏側に存在する「精神」という言語でも自然でもなく、二十一世紀の女性の身体の表層に現出したマテリアルな、女性という性の偽装の表象そのもの、の、アダムが愛したエヴァではなく、アダムを捨てた、人工のリリスのマテリアルなのだ。

それは、内と外を分かつ「hymen」の内と外を「一つ」として完成させたのだと言えるだろう。

（『人への愛のあるところに』二〇一一年洪水企画刊）

かけがえのない「母」が方法を贈る。

田野倉康一

意味に向かって流れ込んでいく喩の奔流としての詩、作者が伝えたいことに収斂していくまるで近代文学な詩との、長い訣別の道程が今、ここで終る。その掉尾を飾る松尾真由美の詩業は、また、それゆえに読解、分析、解釈の可能性と不可能性に艶やかに輝いてもいる。今世紀初頭にステージは明らかに変化しつつあったが、その前夜から個人詩誌「ぷあぞん」に拠って、北海道は名寄よりさらに北、「美深」という人より熊の方が多いと言えば誰もが信じてしまうような日本語圏の極北から、十年は時代を先取りして現れたのである。

やわらかな静寂をよそおう空隙にかこまれ　周縁にただようつめたい吐息をたどり　希薄な修辞のさざめきをはかり　浅瀬にたたずむ渇きに気づく　猶予のない留保　孵化と蘇生をねがい　あらたな狭窄にうながされ　はなたれた情動は予兆の雫となり　すでにやさしい深淵に沈みはじめる　ふくらむ残滓のなかでさぐる言葉の核　水にまぎれる水ではなく水にあらがう水でできた言葉の枕*　流れさるもの　瞬間の捕縛はたしかに在って　私は水の領域でささやかな刻印を記していた（＊は松浦寿輝「水枕」、「水の囁きは果てない物語の始まりにきらめく」冒頭部、詩集『燭花』所収）

作品の詩的時空間は冒頭から水の中を思わせる。その静寂、「周縁にただようつめたい吐息」。この二行と並列に置かれるのは「希薄な修辞のさざめき」だ。とすれば「浅瀬にたたずむ渇き」とは、その「修辞のさざめき」を聞き取っている「語る主体」自身であろうか。「猶予のない留保」以下は何か切迫した主体の情動そのものでもあるかのように、言葉は加速しつつたたみかけられていく。句読点を置かない詩句の運びとともに、この「たたみかける」詩法は、今日の気息による方法を加え、ますます際限のない松尾真由美の詩法を一貫して特徴づけている。ここでは主体の、胸つぶれるような苦しさに促され、

「孵化と蘇生」を切実に願いつつ放った自らの「情動」が、その、おそらくは「孵化と蘇生」にかかわる何ごとかの予兆の雫、すなわちそれ自体も水である雫となって、「やさしい深淵」に沈みはじめる。言葉が現実に対し、物理的な力を行使しうるとする古い信仰がここでは当然の前提とされていることに注意しておこう。『古事記』ではなく、正史である『日本書紀』の斉明天皇紀がいかに「予兆」に満ちていたことか。そしてその「予兆」が「物語」ではなく、「現実」を動かしていたことを思い起してほしい。「予兆」は言葉が本来持つ言葉そのものと言ってもよい機能であり、それを作動させる「情動」によって充填された雫＝水が「言葉」そのものであることは、すでに「周縁にただようつめたい吐息」である「水」と対等に置かれている「希薄な修辞のさざめき」によって明らかである。さらにたたみかけるように松浦寿輝の詩の引用「水にまぎれる水ではなく水にあらがう水でできた言葉の枕」が挿入され、水の中の水、すなわち言葉の中の言葉を「深淵」に呪的に沈めることによって何ごとか物理的な現実が希求されていると言えるのである。

「流れさるもの　瞬間の捕縛はたしかに在って　私は水の領域でささやかな刻印を記していた」とつづくこの「刻印」は言うまでもなく「詩」であろう。自らの詩業が「水の領域」で「水／言葉」によってこそ成される、と宣せられているのだ。

　引用の詩篇は松尾真由美の第一詩集『燭花』冒頭に置かれており、一貫して作者と発話者の厳格な弁別、固有名を伴うような具体的な現実に対する周到な忌避といった入沢康夫以来の詩史的な成果を踏まえつつもその詩業の頭初から、いわゆる「言霊」への信憑が当然の前提としてあからさまに示され、あるいは作品を「情動」によって作動させるという当時としてはずいぶん思い切ったその動力学《ダイナミズム》に新しい抒情詩の出現を確信したことが昨日のことのように思い出される。感傷ではない。今回、現代詩文庫を編むにあたっても当然のことながらこの詩篇が冒頭に置かれているのを目のあたりにして、十余年の時を隔てこの詩人が最初から、極めて明瞭な意図の下に自らの詩業を組み立ててきたという単純な事実に驚いている。

第一詩集から一年を置いて編まれた第二詩集『密約――オブリガート』では、『燭花』が全篇散文詩による詩集であったのに対し、全篇行分け詩で書かれていたことには新鮮な驚きがあった。第一詩集を送り出してから時を置かずに次の段階の試みへ向かう。それも第一詩集で獲得した詩的時空間を百八十度変換してしまうような、である。当時はこれを「「世界／言語」の無際限性を呈示していた散文詩篇に対して、今回、行分け詩型を採用したことによって詩行は、常に「世界」の際限性と向き合うことになる」と評した（同書栞文）。それは「言い換えるなら、「世界」の触覚性とその有限性に向き合うことであり、さらには語のひとつひとつがまとう映像、意味、そしてあらゆる時間と経験の厚みに、それを廃棄することなく向き合うこと」にほかならない。今日から見ると、散文詩篇が持つ無際限性も行分け詩においては独特の「とめどなさ」において担保されており、むしろここでは、「具体的な現実に対する周到な忌避」とは矛盾するようではあるが、日常言語の意味体系をも取り込む全現実を手中にすべく試みられた「世界」の一層の不確定性への志向こそが示されている、と言うべきだろう。詩集冒頭の一篇を引く。

にわかに
猥雑な水は流れ
疑わしいものとして
あわい座標がたゆたう
ふわふわと剝がれていく
いちまいの紙の悪意は翻り
かすかに引きつる焦慮のように
したしい身振りであなたを求める
いつも不慣れな素足の意図をからめ
沈みこんだ枠の姿の充溢へとあらたに向かい
私はみだらに軀をひらきやさしい応答を待っている
砂塵にまみれた無意味な生物となり聴覚を研ぎすまし
ここではあつい包容の余韻を楽しむことができる
つめたく自堕落な接触の一画を拡げてもいる
くちづけをしたあとの暗がりの強度に迷い
だれもが密室ではぐくむ架空の荒廃を

なにかに埋めてしまっても
私にかたちを与える
あなたのあまい綻びに
まるで恋しい死者達の眼差しの
さざめく痛覚を想っていた
（「追記　晴れやかな不在に」部分）

すぐ後に「生者と死者との／見分けがたい／影に交わり」とあるように、その主題自体は明らかだ。考えておきたいのは、主体が希求する「あなた」と「私」との関係である。ここまであえて触れなかったが、本書のために書き下ろされた「私的詩論」に、作者と「つめたい北の海で溺死」した詩人の母親について書かれている。自作解説とも取られかねない危ういエピソードにも見えるが、それは彼女の詩業全体に入沢康夫で言えば「図柄」と呼ばれる何ものかが、主体の「情動」によって起動される画期的なモメントであった。そこでは、彼女の作品に頻出する「あなた」が（作者の）「母」である、あるいは「母」としても読める、と明確に語られているのである。

引用の詩篇において主体は、「かすかに引きつる焦慮のように／したしい身振りであなたを」求め、「みだらに軀をひらきやさしい応答を待って」いる。そこでは「あつい包容の余韻を楽しむことが」できる。あるいは「つめたく自堕落な接触の一画を拡」げ、「くちづけをしたあとの暗がりの強度に迷う」。素直に読めば「あなた」は「男」だ。しかし一方、「あなたのあまい綻びに／まるで恋しい死者達の眼差しの／さざめく痛覚を想って」いる主体は、「あなた」との「包容」において「生者と死者との／見分けがたい／影に交わり」、「薄氷の上に／たたずむ」自らの位置を知る。かくして「あなた」は、いつのまにか「死者達」、いや特定の「死者」そのものとして語られ、作中の現在時はそのまま、まるでスライドを重ねていくように時空を超越して過去へと遡り、変貌してゆく。これは過去が遡行において常にその主体の現在時であることを示しているだろう。「母」は常に追憶の対象ではなく、その都度の現在時における「解釈」、あるいは「呼びかけ」の対象にほかならないのだ。

「私的詩論」によればこの詩篇の「あなた」はとりわけ「母」であり、「私の事情を知れば、どうしてこういう表現が出てきたかが読者の方も解るだろう」と語られる。実際、引用の部分以下に作者による「読解」が懇切に語られるのだが、その詩行が何を表現しているかを作者が語れば語るほど、「あなた」とののっぴきならない関係、一連の「物語」可能性とともにそこに立ちあがってくるのは不断に「意味」を希求してしまう人間の「生」の実相と、その「意味」を超えて何かに届こうとする言葉自身の「あらがい」の場にほかならない。詩は、言葉の海に溺れるでもなく浮かびあがるでもなく、ある種の「漂い」にあることを示してやまないのである。松尾真由美の詩は常に、読む者を「解釈」への欲動と、その不可能性との間を、作品とともに、いや、作品そのものとなって漂っていくよう設定されているのである。たとえばこの「母」をめぐる後段においては、むやみに「現実」を呼び込んでくる「ヘテロセクシャル」を非現実の方へ押し戻しながら、しかし常に何ものかの「産出」が希求されることにおいて性愛の形式は維持される。すなわち、同書に収められた別の詩篇においても、「性愛のあやうい仕草で／ひろがっていく私たちの／風の密度は／とても／かすかだ」とあるように、解釈がおのずと向かうヘテロセクシャルな「性愛」を「母」によって次々とかわしながらその仕草／形式をこそ機能させるのだ。ここに奇妙なエロチシズムをたたえる「母」と「娘」の物語が立ちあがってくるのである。

ここで先に引いた『燭花』冒頭の詩篇に立ち戻ってみよう。そこで「あなた」は、ごく控え目にしか登場しないが、「やさしい」という形容詞によって修飾される「深淵」が後段で出てくる「あなた」とおそらくは等しい。この「やさしい」が『密約――オブリガート』冒頭の詩篇にもまた、登場するのである。そこでの「やさしい」もまた、あからさまに「あなた」に掛かるものではないが、「私」が待っている「応答」の主体が「あなた」でないわけはなく、いずれも最終的には「あなた」が「やさしい」ということになる。つまりこの「やさしい」は、一見囲碁で言う手拍子のように簡単に書かれてしまったようにも見えるが、実はこの「やさしい」、常に「母」を指示するいわば「枕詞」のように機能しているのである。いかに喪の作業を終え、いかに表現上現実の「母」を詩から遠ざけようとも際限のない解釈の運動という「意味」を呼び込むための方法としての「母」はかくして、松尾真由美の全詩業の上に鳴っている、というわけである。

さて、次にその「際限のない解釈の運動」としての「母」について考えておこう。本稿冒頭で僕は、「まるで近代文学な詩との、長い訣別の道程が今、ここで終る」と書いた。それはすなわち、松尾真由美の詩業が日常言語の意味体系にどっぷりつかったメッセージとしての「詩」から、戦前のモダニズムを経て七〇年代ラディカリズム、九〇年代の詩へと至る戦後の詩の運動の成果を最大限消化しながら、かつての抒情詩が直面した個の、共同体的価値へのなしくずしの解消という危機的な局面を、交換可能な主体の「情動」の強度において乗り越え、「意味」を固有の主体や共同体に固着させることなく詩を作動させる新しい抒情詩への可能性を切り開き得たことを指している。そういう意味では新時代の劈頭を飾った、と評すこともできよう。これによりそれまで、多くの場合排除され、忌避されてきた日常言語の意味体系を自らの「図柄」の内に起動し、詩は、あらゆる「意味」をその豊かさとして取り戻し得た。それもまた、あらゆる「物語」への可能性を意味することは言うまでもない。その「情動」の強度を担保するものもまた「母」にほかならない。

ところで「解釈」の運動とは、次々と関連しそうな「意味」を召喚しながら、通常は非日常的な何ごとかを日常的な何ごとかに回収し得たところで終了する。かつて入沢康夫は『わが出雲・わが鎮魂』において「日常的な何ごとか」を「非日常的な何ごとか」へと逆転させることで「日常」そのものを一気に相対化して見せたが、すでに9・11以後、日常と非日常がなしくずしに接続してしまっている今日においてそれは不可能だ。松尾真由美はこのような今日において、詩行のとめどなさ、はてしなさの内にあまたの「意味」を呼び込むことで「意味」のそれぞれが「日常」、「非日常」を問わず、ひとつの「意味」、ひとつの体系へ収斂することがないようさらに周到に行をはこんでゆくのである。それはおそらく、「意味」が何かに固着、いや安定を獲得し、そこに強固な別世界が構築されてしまうことを避けているということだ。前世紀末以来、言うまでもなくあらゆるイデオロギー、あらゆる思想信条、あらゆる価値観が相対化してしまった中で、ひとつの世界観にとどまることは両目をつぶして雑踏を走るに等しい。言い換えるなら爆発的に多様化した世界観、価値観に対応するには常に自らを宙吊り、漂流の位置に置く必要があるのだ。また、その詩行のとめどなさにもかかわらず、意外に饒舌の印象が薄いのはおそらく、呼び込まれる「意味」自体にはさほどの関心を主体が持たないからではないだろうか。むしろ詩において言葉がその都度新しい意味を獲得し、また、瞬く間に儚くなっていく、その「不確定」なたたずまいこそが重要なのであろう。それを裏付けるように主体の「愉悦」の在り処が視覚にではなく触覚、あるいは内触覚にあることを、その詩業は一貫して示しつづけているのだ。「だとすれば語らないことの自慰になじみ／浮遊物の虚脱をえらぶ軽い球体の／ただたゆたうだけの触覚になりたい」（「さらに密接な迂回の過渡期」、詩集『揺籃期——メッザ・ヴォーチェ』所収）

方法としての「母」、それは作者にとっては文字通りリアルかつ切実な希求の対象であり、それゆえにこそ「情動」の強度は担保されるのである。その「母」を一生解釈していく、と語る作者について考えるなら、作者にとってこの「解釈」はまさに「非日常」である「母」の、今や唯一自明の、そして必ずしも普遍的ではない「日常」である作者自身への回収を目指していると一応は言えるだろう。だとすればそれはこうも言える。目指されるものは「母」との合一である、と。作者にとっては文字通り、そして切実にそうであるかもしれない。しかし、作者自身がこの上なく意識的であるように、「母」は、方法においては生／死、彼岸と此岸、その他あらゆる人や物、時間や空間との接続可能化、一体化、合一へと向かうべく機能する。

流れていければ鳥になれる
とおい溺者の夢へとうつろい

浮かんで沈んで浮かんで沈んで
なお骨だけが平たくなり
きっとことごとく無残な肺の
ここは愚かしく華やいだ臨終の祭儀の場
（「なおも狂れゆく塵の漂泊」部分、『不完全協和音——コンソナーンツァ・インペルフェット』所収）

こうして私はあなたの肩の横のあたりに立っている
剝奪しあい贈与しあい跛行しあい蒸散しあう尾の裏の
しめやかな森をつくって
埋もれていくのだ
ふたりで
いやひとりで
もしくは複数の
影をたばね
このように
撚った糸
炎える
（同前）

その詩集の名は『不完全協和音——コンソナーンツァ・インペルフェット』である。僕は音楽用語をまるで知らないが、そこには個体を個体として維持しながら、いや維持されているからこそ可能な融合、合一の場がすでに予言されている。駆使されているのはもちろん、方法としての母、ヘテロセクシャルな合一ではない。はてしない解釈の形式はここで、鳥にもなり、煙りにもなれる何ものかの向こうにはっきりと「ふたりで／いやひとりで／もしくは複数の／影をたばね／このように／撚った糸／炎える」と、その合一へ向かう想像力の性質を見通している。それは何ものかを何ものかに回収してしまうような合一ではなく、不確定で揺れうごくからこそ瞬時に多方向へと合一できるという何ごとかである。希求されているのは意外にも単純でフツーなテーマ、すなわち——自由——だ。

（2012. 6. 20）

現代詩文庫　195　松尾真由美

発行・二〇一二年八月三十一日　初版第一刷

著者・松尾真由美

発行者・小田啓之

発行所・株式会社思潮社

〒162-0842　東京都新宿区市谷砂土原町三―十五

電話〇三（三二六七）八一五三（営業）八一四一（編集）八一四二（ＦＡＸ）

印刷・三報社印刷株式会社

製本・株式会社川島製本所

ISBN978-4-7837-0972-5　C0392

現代詩文庫

第I期

171 加島祥造　原満三寿／池崇一他
172 続続吉原幸子　谷川俊太郎／新川和江他
173 続粕谷栄市　横木徳久／野村喜和夫他
174 小池昌代　飯島耕一／井坂洋子他
175 征矢泰子　新川和江／新井豊美他
176 八木幹夫　小沢信男／新倉俊一他
177 続入沢康夫　野村喜和夫／田野倉康一他
178 岩佐なを　城戸朱理／矢川澄子他
179 四元康祐　栩木伸明／谷川俊太郎他
180 山本哲也　吉野弘／北川透他
181 続続辻征夫　清岡卓行／高橋源一郎他
182 友部正人　谷川俊太郎／宮沢章夫他
183 河津聖恵　新井豊美／瀬尾育生他
184 星野徹　笠井嗣夫／武子和幸他
185 山崎るり子　三浦雅士／井坂洋子他
186 続渡辺武信　松本隆／荒井晴彦
187 最匠展子　金子光晴／長谷川龍生他
188 続安藤元雄　飯島耕一／新井豊美他
189 続井坂洋子　室井光広／蜂飼耳他
190 高岡修　富岡幸一郎／北川透他
191 続伊藤比呂美　四元康祐／新井高子他
192 川上明日夫　広部英一／倉橋健一他
193 秋山基夫　片桐ユズル／福間健二他
194 日高てる　辻井喬／長谷川龍生他
195 松尾真由美　岩成達也／田野倉康一他
196 川口晴美　鈴木志郎康／野村喜和夫他
197 中本道代　北村太郎／吉田文憲他
198 倉田比羽子　北川透／瀬尾育生他

＊人名（明朝）は作品論／詩人論の筆者

1 田村隆一
2 谷川雁
3 岩田宏
4 山本太郎
5 清岡卓行
6 黒田三郎
7 黒田喜夫
8 吉本隆明
9 鮎川信夫
10 飯島耕一
11 天沢退二郎
12 吉野弘
13 長田弘
14 吉岡実
15 富岡多恵子
16 那珂太郎
17 安西均
18 長谷川龍生
19 高橋睦郎
20 茨木のり子
21 安水稔和
22 鈴木志郎康
23 生野幸吉
24 大岡信
25 関根弘
26 石原吉郎
27 谷川俊太郎
28 白石かずこ
29 堀川正美
30 岡田隆彦
31 入沢康夫
32 片桐ユズル
33 川崎洋
34 金井直
35 渡辺武信
36 安東次男
37 三好豊一郎
38 中桐雅夫
39 中江俊夫
40 高野喜久雄
41 吉増剛造
42 渋沢孝輔
43 高良留美子
44 三木卓
45 加藤郁乎
46 石垣りん
47 木原孝一
48 北川透
49 菅原克己
50 多田智満子
51 鷲巣繁男
52 寺山修司
53 木島始
54 清水昶
55 金井美恵子
56 吉原幸子
57 藤富保男
58 岩成達也
59 井上光晴
60 会田綱雄
61 北村太郎
62 窪田般彌
63 辻井喬
64 新川和江
65 吉行理恵
66 中井英夫
67 粕谷栄市
68 清水哲男
69 山本道子
70 宗左近
71 中村稔
72 粒来哲蔵
73 諏訪優
74 続飯島耕一
75 荒川洋治
76 佐々木幹郎
77 正津勉
78 辻征夫
79 安藤元雄
80 藤井貞和
81 大野新
82 犬塚堯
83 小長谷清実
84 江森國友
85 天野忠
86 嶋岡晨
87 阿部岩夫
88 関口篤
89 衣更着信
90 ねじめ正一
91 菅谷規矩雄
92 井坂洋子
93 片岡文雄
94 伊藤比呂美
95 新藤凉子
96 青木はるみ
97 中村真一郎
98 嵯峨信之
99 稲川方人
100 平出隆
101 松浦寿輝
102 朝吹亮二
103 続荒川洋治
104 続藤井貞和
105 続寺山修司
106 吉田文憲
107 瀬尾育生
108 続谷川俊太郎
109 続続谷川俊太郎
110 続田村隆一
111 続続田村隆一
112 続天沢退二郎
113 続続天沢退二郎
114 新井豊美
115 続吉増剛造
116 続続吉増剛造
117 続鮎川信夫
118 続北村太郎
119 続吉野弘
120 続石原吉郎
121 続鈴木志郎康
122 川田絢音
123 続続吉野弘
124 続北川透
125 続白石かずこ
126 続清岡卓行
127 続宗左近
128 牟礼慶子
129 続吉岡実
130 続辻井喬
131 続大岡信
132 続新川和江
133 続川崎洋
134 続清水昶
135 続高橋睦郎
136 続長谷川龍生
137 続中村稔
138 八木忠栄
139 続佐々木幹郎
140 城戸朱理
141 野村喜和夫
142 平林敏彦
143 続渋沢孝輔
144 続那珂太郎
145 財部鳥子
146 続長田弘
147 吉田加南子
148 続清水哲男
149 辻仁成
150 木坂涼
151 田中清光
152 阿部弘一
153 続続大岡信
154 続続鮎川信夫
155 続辻征夫
156 福間健二
157 守中高明
158 平田俊子
159 村上昭夫
160 広部英一
161 白石公子
162 鈴木漠
163 高橋順子
164 池井昌樹
165 続続清岡卓行
166 倉橋健一
167 高貝弘也
168 御庄博実
169 続吉原幸子
170 井川博年